先生、お元気ですか

朴山 稔仁
HOUYAMA Toshihito

文芸社

目次

プロローグ

手のひらに載るほどの小さな花柄の化粧箱、これだけが最後に残った。

先日まで自宅二階のオープンクローゼットに積み上げられた段ボール箱の山、家人に邪魔もの扱いされながらなかなか処分できずに時間だけが過ぎていった。現役時代に長年苦労して集めた授業の資料や自作の教材、生徒の授業感想などだ。わら半紙は変色しボロボロだが、そう簡単には捨てられない。竹田美保は敢えて見て見ぬ振りをし続けた。

ちょうどその頃、美保は小学校の同級生から絵画の個展の案内を受けた。定年退職間際から本格的に始めたパステル画の彼自身の初個展で、小学校の恩師もお誘いしてあるので是非にでも出てこい、というのだ。まだ数ヶ月も先のことだが、美保は他の同級生にも声をかけ出かける旨をEメールで返信した。

「そうか、彼はもう新たな人生を歩み始めているのだ」

何だか少し遅れを取った気がした。そしてようやく重い腰をあげて段ボール箱の山を一つずつ崩していった。そうして最後に残ったのが先の化粧箱だった。

中身は手紙の束、おもに教え子からのものだ。便せんと封筒が可愛い絵柄で対となっているのは女生徒から、男子生徒からのものはただの白い封筒が多いが、中には茶封筒に大学ノートの切れ端が無造作に折りたたまれたものまである。どんなものであれ、その直筆の文字を見れば寄こしてくれた教え子の顔が思い浮かび、受け取った当時の喜びや悲しみが甦ってくる。だからついつい処分は後回しとなってしまったのだ。

美保はふと教え子の個展に出向くという高齢の恩師のことを思った。恩師と言っても教え子が還暦を過ぎたのだから、そのご高齢ぶりはというと一、二年担当の小森先生は白寿、三年から卒業まで担任の久田先生は卒寿だというのも肯うかな。小森先生は「母と子の二十分間読書」という読書推進運動を早期に牽引され、そのお陰で美保は読書習慣のない家庭で育ったにもかかわらず本好きな子どもになった。読書は自分のすべての基礎を築いてくれ、その習慣化は一生の財産になったと思っている。おそらく美保だけではなくその恩恵に与った者は大勢いたことだろう。久田先生は木版画を得意とする美術の教師だったが、合奏などの音楽や人形劇、全校での野外劇など芸術全般に意欲的に挑まれ、その企画力は子どもの目にも強く焼き付いている。運動会での五クラス合同の桃太郎劇などはスケールが大きく保護者にも大好評だった。そのお陰もあり、美保だけでなく今回個展を開くことになった同級生も絵画はもちろん映画演劇音楽などみな大好きで、人生を限りなく豊かにしてもらったと感謝している。

美保は人生の中のいろいろな節目、たとえば高校や大学への進学、就職や転勤などの折に触れ、両先生には手紙で相談、報告、愚痴などを長々と綴ったことを覚えている。今では絶対読み返したくない代物だけど、恩師はそれらをどう処分されたのだろう、急に気になりだした。何しろ久田先生は美保の結婚式で小学校五年時に描いた絵を額縁に入れて会場で披露されたし、小森先生に至っては教え子の還暦記念の同級会で小学校一年時の作文をコピーしてきて配布されたくらいだ。油断ならないぞ。

そうだ、久しぶりにお手紙を書いてその辺りを尋ねてみることにしよう。

先生、お元気ですか……

卒業式の手紙

　先生!!　今日はこの卒業というおめでたい日を迎えることができて、私は本当に本当に嬉しいです！　そして今日で美保先生とお別れ……。
　初めて美保先生に出会った日のこと、私はしっかり覚えているよ。まず最初、美保先生とは昇降口で会ったんです！　先生は覚えていますか？（笑）　その時に先生が私たちに何か質問してきてくれて、質問に返答したら、すごく笑顔で「ありがとう」って言ってくれました。その時「ああ、きっと新しく来た先生だろうなぁ」とか考えていたら、な、なんと!!　私たちの新しい担任の先生だとわかり！　びっくり!!　美保先生はその時から今までも、ずっと変わらず私たちにいつもニコニコしながら話しかけてくれて、美保先生が新しい担任の先生になったってことがすごくうれしかったょ☺
　美保先生が担任になって、美保先生の言葉だったり、してくれること一つ一つは、なんか、今まで私は一度も見たことなかったというくらい、私たち一人一人を包み込むように、すごくおだやかな空気をかもし出してくれていて、それまで担任だったK先生には全くない力強いパワーで、私たちを支えてくれたよ、美保先生は。先生自身が私たちに関わろうとしてくれていて、だから私もそれがすごくうれしくて、先生には何でも話せたよ!!

それから二年の時も三年の時もだけど、先生は私がいくら悪いこととか、ショートホームルーム出なかったりしても怒らずに尊重してくれたというか、先生は本当に私たちのこと信じてくれているんだなって思いました。こんな先生、他にいないよ!! あと、何より、私が学校行けなかった二年生の時、私が唯一信じられる人は美保先生だけでした。学校行くと先生は変わらずに、うれしい言葉かけてくれて、それが何よりもうれしかった。学校行ってなかったから、単位もギリギリというか、とてもやばかったけど、先生、いっぱい私のために力尽くしてくれたよね? いっぱい教科の先生たちに頭下げてくれたよね? いっぱいいいっぱい、めいわくばかりかけちゃって、ごめんなさい。先生がたくさん私のために色々やってくれたんだろうなって今も考えるくらい、今では学校に行けなかった期間を忘れてしまうくらい、順調にここまで来ることができたよ。学校辞めたいと考えた時期もあったけど、そのとき先生がいたから、美保先生のクラスの一員として卒業したい！　って思ったから、先生のおかげで頑張れたんだよ!!　今でも言えるのは、美保先生が担任の先生じゃなかったら、私は学校辞めてたなってコトです(笑)。それだけ先生の力は私を変えさせてくれました。

それからも、この高三の受験シーズンも、私は常に自分のコトで頭がいっぱいで、一人で悩んだりして落ちたり上がったりの繰り返しで、自分とのたたかいだったけど、そんな時もやっぱり一番私のことを支えてくれたのは、美保先生でした！　先生の言葉一つ一つが、私の気持ちをすごく安定させてくれたよ。一つの受験に落ちただけで、すぐ弱くなった私をしっかり取り戻させてくれたし、なにより、先生は同じように一緒に悩んでくれたよね。思い出せば思い出すほど、うれしくて涙が出そうになってしまいます！　そして、私がS女子大に合格できたのも、全部美保先生のおかげなんだヨ!!　合格したってコトを一番最初に美保先生に報告したら、先生、めっちゃ一緒によろこんでくれたよね？　それにも私はめっちゃ、うれしかったよ!!

それでね、他の先生たちにも後日、合格しましたっていう報告したら、「美保先生から聞いたよ。美保先生、すごくよろこんでいたよ！」って聞いて、さらにそれにも感激で!!

私はこんなに優しい美保先生の教え子でいられるなんて、すごく幸せに思っています！　泣けてくるほど本当に美保先生のクラスの一員になれてよかった。今まで、小中学校、担任の先生とは本当、上手くやっていけないことばかりだったから、美保先生との出会いは、私を変えた!!　私にとって本当幸せだった!!　そして何よりも一生の財産になると確信しているよ!!　美保先生ありがとうございました!!　「ありがとう」っていう言葉、いくつ並べても足りないくらい、先生には感謝のきもちでいっぱいです。

四月からはいよいよ親元を離れて、一人で旅立ちます。バカでだらしない私だから不安もいっぱいです……。また、多くの悩みとか自分とか周りとかとの葛藤もたくさんあるかもしれません……。けど!!　私きっと大丈夫!!　先生から教えてもらったたくさんのコト、忘れないよ☺　また辛くなったら、先生のことや先生の言葉、思い出して頑張るから!!　だから、先生もまた新しく担任の先生、頑張って下さい!!　先生は正義だよ!!　正義の一番の味方!!　どうかお体に気をつけて下さい!!　美保先生、本当に本当にありがとうございました!!　またお手紙書いちゃいます。

お元気で!!

卒業式当日、岩崎純子本人から直接手渡された長い手紙を読み返した竹田美保は、目を出窓の雪景色に移した。三月弥生も下旬だというのに思わぬ降雪で、咲きだした梅の花もその根元の福寿草もみな白い真綿に隠されてしまった。雪に包まれた可憐な花を想像するように、美保は昨夜開かれた卒業生との食事会を思い起こし再び余韻に浸った。藤松亮太も倉田初音も尾木直也も長谷川瑞希もみな楽しそうだった。幹事役の長谷川はいくら自分の母の店とはいえ随分世間慣れした対応で、細々したことまで気づき感心した。進学先のアパート探しに行った岩崎純子がいなかったのは寂しかったが、急な呼びかけにもかかわらずクラスの半分ほどが集まった。美保は長谷川瑞希とその母親が発起人ではないかと推測しているのだが、卒業式後一息ついた頃を見計らって、担任と副担任の二人を招いて長谷川の母が営む割烹でささやかな宴を開いてくれたのだ。心配したアルコールは美保たちが去るまではその気配も見せなかった。その後のことはわからないが、店に迷惑がかからないように自粛の取り決めをしていたのかもしれない。

岩崎純子の手紙をもう一度初めから読み返した。細かい記憶は食い違うが、あの子たちに初めて会ったのは一昨年の三月下旬の今頃、赴任する学校へ引き継ぎと挨拶に行ったときのことに違いない。学校長や教頭との面談後、担当してくれと言われた校務、生徒会係のため生徒会室を訪ねた。生徒会の役員なら年度末休みでも何か活動しているだろうし、どうせかかわるなら早めの面通しがいい、そう思って人気《ひとけ》のない教室を覗きながら冷え冷えとした廊下を歩いていた。するとある教室から甲高い笑い声。顔をのぞかせると茶髪の女子が四、五人互いに髪にアイロンをかけながら談笑しているのだった。

その一人が岩崎純子、他に長谷川瑞希や倉田初音もいたな。美保はたちまち二年前のあの日に戻った。

出会い

「皆さんこんにちは、只今ご紹介いただいた竹田美保です。教科は家庭科です。この明豊北高校の校舎に入るのは今日が初めてではありません。三年前に先生方の研究会があり丸一日過ごしました。樹木がいっぱいの中庭が素敵で花壇の花がきれいで、外国の公園の中に校舎があるような気がしました。学校のすぐ前の川がきれいで橋の上から覗いたら魚がいっぱい泳いでいました。そして先月引き継ぎに来て校内を歩きましたが、校舎がちょっと複雑で迷っていたら何人かの生徒さんが優しく教えてくれ助かりました。私は自然が大好きなのでこの自然豊かな学校で皆さんと一緒に学び合えたら素晴らしいと思います。一緒に頑張りましょう、よろしくお願いします」

新任式の冒頭でガヤガヤしている生徒に対し、生徒指導の先生がマイクで一喝した効果もあったのだろうけど、生徒は神妙に聞いてくれ拍手までしてくれたわ、と美保は気を良くした。美保はまだ若手のつもりでいたが、一緒に着任したのは大学出たての新卒と講師の方が多く、教諭の中では最年長ということで新任職員代表として挨拶をするはめになったのだ。都市部に家を構えてしまった中堅以上の教員は郊外の学校には行きたがらない。ましてや学力が低い底辺校や教育困難校と聞けば尚更である。だから職員の年齢構成は旧市街地の伝統校と比べかなり若い方に偏っているのだ。

壇上での挨拶を終えた美保はほっとして席に着いた。その後引き続き始業式となり、生徒指導の係が新年度の注意を始めたが、大役を終えた美保は上の空だった。

「お前たちは勉強などできんでええ。無理に勉強などせんでええのだ。ちゃんと校則を守り服装や身なりを整えて地域の人から愛されるようになりなさい……」

何、今なんて言ったの？　美保は頭がボーっとしてきた。あの壇上の男は生徒に何を話しているのだ！　生徒たちはうつむいたままだし、壁際の職員たちはただじっと壇上を見つめているのみだった。

その後二学年、三学年の各担任、副担任の発表がなされた。担任は一年から三年まで持ち上がりが慣習なので、中途で代わる二年二組の担任は注目の的だった。昨年度の担任Kは家庭の事情でやむなく故郷に近い学校に移ったと説明を受けた。常識的にはこのクラスの事情をよく理解した教員が引き継ぐのが筋だが、何か訳ありなのか、学校長も言葉を濁していた。

周囲のクラスからは久しぶりの再会に弾む声が響いてきたが、二年二組の教室は静まり返っていた。教師にとって自分が担当するクラスとの出会いほどワクワクドキドキするときはない。しかし美保は先ほどの始業式の違和感を引きずっていた。頭の中で「勉強などやらなくてもいい、身なりをきちんとしろ」という声を反芻すると何だか胸がふさがれた気持ちになった。

ガラッと戸を開けた。ヒソヒソ声が止み多くの頭が一斉にこちらを向いた。

「初めまして、このクラスの担任になりました竹田美保です」

黒板に竹田美保と書いてクラスを見渡し簡単な自己紹介をした。確かに茶髪や少し派手な服装の生徒も見えるが、こちらを見つめる目はキラキラしている。

（なんだ、普通の学校じゃないか。赴任前、どの先生からも大変ですよ、なんて偏見押し付けられ過ぎたわ）

教室はかなりガラガラ空きの状態だ。もともと入学時に定数に達していなかった上、昨年度中途退学した生徒が三名もいたという。その上いくつかの空席があった。一人の男子生徒は理由がわかっている。春休み中、部活動の練習に来るのに期限の切れた定期券を使い補導され、年度をまたいで只今家庭反省中だという。昨日、学年主任の先生から事情を聞いたばかり。ヤレヤレ、さっそく家庭訪問に行かねばならぬが、その前に目の前の生徒たちに方針演説をせねば何事も始まらない。前夜苦労して書いたクラス通信を配布し、読み上げようとしたところに二人の男子生徒がガチャガチャと音を立てて悪びれず入ってきた。

「これ、担任?」

薄笑いを浮かべたもじゃもじゃのライオン頭が聞こえよがしに隣席の男子に聞いている。女だと思ってなめたらあかんぞ、一喝したい気持ちを抑えてにこやかに話しかけた。

「遅刻は佐多君と藤松君ですね?」

「俺はどっちだ?」

「藤松君でしょ」

「おお! どうしてわかった?」

「夕べ徹夜して写真でみんなの顔と名前を一致させたのよ」

「ええ～！」

クラス内にどよめきが起こった。何だか少し和やかになったかな、何より美保自身の緊張が和らいだ。

翌日からの日程確認後は恒例の年度初め大掃除。美保も年に数回しか着ない一張羅のスーツ姿で黒板を消していると、女生徒が駆けつけてきた。

「先生やらなくていいんだよ、私たちがやるから」

岩崎純子と長谷川瑞希の茶髪組だった。さりげない心遣いが今日は殊更嬉しい。何だか地獄に仏かな。

頭髪服装検査

「竹田先生、朝の校門の立ち番表です。遅れずにお願いします」

「立ち番って何をするんですか？」

「簡単です、時間通りに校門に来ていただいて、生徒の服装や髪の毛が乱れてなければ校門を通してやってください」

「ダメなときは？」

「追い返してください、ちゃんと直したら入れてやると。大丈夫です、そういうのは僕たち生徒指導係がきちんとやりますから、担任の先生はそこで睨みを利かせてくれればいいです」とさわやか青年そのもののイケメン教師が白い歯をのぞかせた。

「竹田先生、生徒会係の係会、三時から生徒会室でお願いします。新入生との対面式と応援練習の打ち合わせがあります」

「学年会は一時半からです。２２１番の教室までお願いします」

学校の新年度当初ほど忙しい時期はない。分刻みで物事を決め、確認し、翌日からは実行あるのみである。長年勤めていても慌ただしいのであるから新環境に慣れていない者には何を説明されてもまったく上の空、後で復習し理解するしかないのである。学年や係の枠を超えた学校全体の問題については職員会で議論が行われることになっているが、たいていは連絡や確認で済ますことが多い。多忙で目が吊り上がっているときに議論を好む者はいない。

「すみませ～ん、先日の始業式のことですが。あの～、生徒指導の係の先生のお話は、あれはこの学校の教育方針に沿ったものなのでしょうか？　あの～、ええと」

一緒に赴任した新しい先生が二、三人頷いているのが遠目に見える。他は押し黙ったまま。

「あの～」

「竹田先生、悪いんだけど、またにしてもらえない？」と司会ではなく教務主任の先生に制止された。

「大事なことだと思うのですが、それじゃ次にします」

きまり悪さ、後味の悪さが漂った。見渡せば勤務経験三校目の美保が年長者に見えるほど若手の多い職場だ。頼もしそうな年配者も散在しているが、腕組みし目を閉じたまま仏頂面を動かさない。今まで自由に発言することを良しとする職場環境で育ってはきたが、決して場の空気を読めない方だとは思っていなかった。だから遠慮がちにジャブを出しただけ、なのにこれほど前後左右から無言の矢が飛ぶとは予想外だった。美保は押し黙った。

「おい、俺らをからかっているのか？　何考えておるんじゃ、てめ～ら！」

怒声は駐車場に近い格技室の二階、剣道場の方から聞こえた。胸騒ぎを覚えながら美保は急いで階段を登った。案の定、美保のクラスの女子を含む二年生四、五人だった。

「休み中に直すという約束しただろ、何だ、このざまは？」

バシッ！　と竹刀を床に打ち付ける音がした。若干関西弁交じりの尋問はまだ続くようだ。すすり泣きながらもじっと黙秘してこらえている。彼ら、初めてではないな、ふてぶてしさにちょっと安堵したが美保自身の方は動悸が高まっていた。

「山極さん！」

美保は初任高校の自由闊達な職場で、教員同士が呼び合う場合に「さん」づけで呼ぶ習慣が身についた。先生と呼ばれるほどの馬鹿でなし、ではないが対等な議論には年齢性別にかかわらず「さん」づけが良い、という職場環境のもとで育てられたのだ。

振り返った山極健三の言葉遣いが急に丁寧になった。

「竹田先生、だめですよ、これじゃ。約束は約束、ルールは守らねば。今から家へ帰して直ったら出直すようにさせますから」

「私もちょっと話したいので預かりますが、いいですね?」

「いや、これは去年度からの指導の続きですから、先生には後でご報告します」

赴任前の三月春休み、人気のない校舎に彼女たちがいたのは生徒指導の先生に呼び出されて頭髪の染色で指導を受けていたのだった。

児童館の高校生

明豊北高校と最寄り駅とは歩いて二十分ほどだが、その間には郵便局も銀行も図書館もある。小さな町は小さいなりにコンパクトで暮らしやすさもある。その図書館と同じ敷地内に社会福祉協議会の事務所や児童館なども併設されていた。新しく明豊北高校に赴任した美保は放課後の空き時間を利用して、新しい家庭科担当者として担当部署へ引き継ぎの挨拶に赴いた。児童書の読み聞かせや保育実習などの授業で生徒がお世話になるからである。一通りの挨拶を済ませて出ようとすると児童館の中からドスンドスンと床を打つ音が聞こえた。ちょっと覗くと中はミニ体育館のようで、スマホを音源に数人の高校生がダンスを踊っていた。皆やや茶髪っぽく、服装もダボダボのちょっとストリート系の感じのいかつい男子高校生。本校の三年生と我がクラスの藤松亮太、そして家庭反省から復帰したばかりの尾木直也であった。

「あ、せ、先生だ！」

「どうしたの、あなたたち？　珍しいところにいるじゃない。部活動はお休み？」

「はあ、先生知らないの？　俺たちクビになったのさ」

「首って、あなたたち皆スポーツ推薦のスポーツ万能選手でしょ」

明豊北高校では一昨年度つまり今の二年生までは入学試験にスポーツ推薦の制度があり、何割かの生徒を一般入試免除で先に確保していた。彼らはそういうスポーツ競技の得意な生徒だったはずと個人カードで頭に入れていた。

「まあ、そんな万能ってこともないけど。まあちょっと見て」

尾木がいきなりバク転を続けざまに二回やって見せると、他の生徒がヒュウヒュウとはやし立てながら自らもバク転、そして前転とやって見せた。先ほどまで胡散臭そうな目つきで美保を眺めていた上級生もつられて笑っていた。

「先生もできる？」

「ムリムリ、私は運動音痴だから」

見て見てとこれ見よがしにいろいろなダンスムーブを繰り出してくれるが、美保にとってはただ凄いとしか言いようがない動き。凄いことは凄いけど、なんだかこの子たち、うちの幼い娘たちと同じじゃない。親に見せたくて何かやって見せ、褒められると何度も何度も繰り返しやって見せてくれる、そんな我が子を見ているようで美保はいかつい男子高校生が少し可愛く思えてきた。

美保は再び事務所に戻り高校生のことを尋ねてみた。

「ほとんど毎日来てますね。初めはどんなものかと不安もあったのですが、何か悪さをするとかはなく、学童保育の小学生が来るとよく遊んでくれて、今ではこちらで頼りにするときもあるくらいです」

高校に戻ると正面玄関に客が待っていた。クラスの生徒、岩崎純子の母だった。家庭科準備室に案内して話を聞いた。

「先生、どうしても早くお目にかかってお話ししておきたいことがありまして。実はこれはお医者様の診断書です」

差し出された一枚の紙きれに、心療内科、麦田メンタルクリニックの麦田医師の印が押してある。

「うちの娘は中学校以来登校拒否と言いますか、不登校気味で。親としても理由もわからず困っているのですが、なんとかこちらの高校にお世話になりまして。それは良いのですが、昨年度は三月にちょっと揉めましてね。先生はお聞きかどうか知りませんが、欠席が多くて単位が取れない、留年するか他の学校へ移れと言うのです。補習とかやってもらえないでしょうか、とお願いすると、今度は補習には正当な理由が要る、医者に通っているのなら診断証明を出せ、と言うのですよ。それで竹田先生には早めに出して子どもの状況をわかっていただこうと思いまして」

純子の母は一息に話した。しかし取り立てて学校や美保を責める雰囲気ではない。

「先生は麦田医師とお知り合いだそうですね。先ほど娘とクリニックに行ってきたのですが、新しい担任は誰かとお聞きになるので先生のお名前を告げますと、『そりゃ良かった、竹田さんなら大丈夫。うちの医院へも生徒や親と一緒に来たこともあるよ。よくわかっている人だから大丈夫』っておっしゃるのです。私嬉しくてもう。それですぐ飛んできたのです」

麦田クリニックは従来から精力的に不登校の子どもたちを支援してきて、全県的にもその名が知られている。美保自身も過去に不登校気味の生徒を何人も担当したので、いろいろな精神科医やスクールカウンセラーの講演、研修に足しげく通った。そのため様々なタイプの医師やカウンセラーとの面識が増え、随分個人的助言なども得やすくなった。中でも麦田医師が開く不登校セミナーは気楽に参加できる雰囲気があり、保護者を誘うのにうってつけであった。悲嘆に暮れている親、絶望して途方に暮れている親、またはまったく無関心な親、そうした保護者に若い美保がすべて対応するのは至難の業であった。そこで美保自身も学ぶため保護者と共にセミナーに参加したことがあり、麦田医師に助言を求め言葉を交わしたこともあったが、大勢の参加者の中で自分の名前を覚えていてくれたとは予想外だった。

「家庭と学校とで連絡を取り合いながら、急かさないで見守っていきましょう」

美保は過去の蓄積のお陰で生徒の保護者と思わぬ絆ができたことを一歩前進と喜んだが、同時に診断書のようなものが単位認定に必要とされる状況を聞き背筋が寒くなるような気がした。郷に入っては郷に従え、もう少し様子を窺うことにしようと自分を納得させたが、この学校での教育がますます歪《いびつ》なものに思えてきた。

キセキレイ

　いよいよ授業が始まった。遠くの山々はまだ白いが、学校の敷地に沿ってソメイヨシノが咲き始め、河原の柳の緑とよく似合う。特に河川敷の公園にある枝垂れ柳の大木は桜のピンクを引き立てて一幅の絵になっている。中庭のハナミズキの紅白の蕾も開き始め、本当に公園の中に校舎があるようだ。駐車場が川に近いせいか、通勤の車の乗り降りにはチチチッとキセキレイが近づき、校舎二階の家庭科準備室からは川面を一閃《いっせん》に飛ぶヒスイ色のカワセミが見えた。あの河川敷公園で最初のロングホームルームをやろう、そこで体を使った簡単なゲームとお菓子と飲み物でお花見をしよう、二年二組新担任・竹田美保はすでに決めていた。

　ロングホームルームは毎週木曜日。河川敷の公園まで歩いて十分ほど。生徒にとっては最寄り駅からの通学路途上だが、クラスでぞろぞろ歩くとちょっとした遠足気分だ。桜はもう散り際、天気もあいにくの花曇り。事前に正副ルーム長にポケットマネーを渡し、おやつの調達を頼んだがなかなか戻ってこない。さらに重いブルーシートを公園までどうやって運ぼうかと思案していると、意外にも尾木、佐多、藤松など男子生徒が自ら買って出てくれほっとした。途中で逃亡する者もなく皆公園に集まった。少し気を持ち直した美保はさっそく習いたてのゲームを始めた。言葉を発することなくボディランゲージだけで、誕生日ごとに順々に並び大きな輪を作るというグループエンカウンターの初歩。本当は初対面の集団が早く慣れるよう行うものなので、二年生には嫌がられるかなという心配を覆し、結構面白がって始めてくれた。女子がてきぱきと動き男子があとに従っている感じ。あちこちで笑い声が漏れる。最後に答え合わせ、二か所で間違い。そこを直してバースディチェーンの完成。皆で拍手、いい雰囲気になったぞ。シートを広げスナック菓子とジュースを分け合いながら一言自己紹介。昨年一年間一緒にいたはずなのにあまり会話がなかったクラスだな、と美保は感じた。

「先生、結婚しているの?」

お、来たか。どこへ行っても聞かれる不躾な質問。

「はい、結婚十三年目、二児の母で〜す」

その日の放課後は副顧問を務めるテニス部にちょっとだけ顔を出し、家庭科室を部室代わりにしている家庭科クラブの生徒と新入生勧誘の打ち合わせ。明日の授業の準備を終えると夕暮れが迫っていた。西の高い山並みの上にいくつか星が見えた。これから家庭科実習の授業で使う材料を購入し、あの頭髪指導以来欠席がちな岩崎純子の家に寄っていくつもりだ。スマホを開きラインを打つ。

「ゴメンね、あと一時間くらい。子どもたちと先に食べていてネ」

明豊北高校に来てから夫、孝幸には頼りっぱなしだ。いくら彼の異動に合わせた急な転勤であってもこんなに家事分担を増やしては済まない。彼だって新しい土地や職場に慣れていないのに。何だか夫や娘たちに本当に申し訳ない気持ちになり、熱いものがこみ上げてきた。

（早く子どもたちのもとに帰りたい！）

美保はいつものように車に乗ろうとしてはっと気づいた。周囲をけたたましく鳴くキセキレイは歓迎の印と勝手に喜んでいたが、この騒ぎようは尋常ではない。よく見るとハッチバックドアに備え付けてあるスペアタイヤに固執している。おかしい、タイヤの中を覗くとホイールの中に丸い半円の巣ができかけているではないか。卵はまだない。手を差し込むと簡単に取り出せた。

「卵を産む前だから許してね」

巣を校舎軒下に積み上げられた材木の隙間にそっと置いた。

応援練習

「先生方は四方に散らばって上級生が手を出さないように見張っていてください」

そんなお願いが職員会で出されたのはつい昨日のことだ。応援練習とは、上級生の応援委員が新入生に校歌や応援歌を教える行事で、最近は減ってきたが別段珍しいことではない。担当顧問は中高交流で来ている二人の先生。中学校と高校の教員が三年間ほどを目途に互いの職場を経験する趣旨で明豊北高に来ている中学校の先生である。相変わらず仏頂面の集まった職員会はそのまま通り過ぎると思いきや予想外に挙手をする者が現れた。

「目の前で暴力的なことを見たらどうすればいいのですか？　誰に連絡すればいいのですか？」

「どこまでは構わないとか基準がありますか？」

おいおい何言っているのだ、暴力が起きる前提の行事かよ。美保は再び意識が薄れる気がしてきた。ここは日本じゃない、私の知っている学校じゃない。

異様な雰囲気で始まった中庭広場での応援練習。なんと多くの上級生がギャラリーとして見守っているではないか。学ランに鉢巻、たすき姿の二、三年生の応援委員。これまた強面ばかり集めたものだ。始まる前から一年生はおびえ切っている。聞けば不登校で中学校にも行っていないような生徒も何割かいるというが、一年担任団の事前調査やフォロー態勢はできているのか？　不安な面持ちで配置に着いた美保はいざ始まった上級生の口調に驚愕した。

関西弁？　脅し、てめ～ら……何これ、白日夢、いや、まさかのデジャブかよ。生徒指導係の教師が頭髪指導と称して格技室で女生徒を泣かせていた先日の光景の再現ではないか。目いっぱい恐ろしげにこしらえた顔を一年生一人一人の顔間近に接近させ「声が小さい！」「てめ～、なめてんのか！」などとわめきながら、竹刀を振り振りやくざ言葉で罵った。なんだ、これは。野外劇でもあるまいし、止めさせなくては、なんとしてでも止めなくてはと焦った美保は一緒に赴任してきた年配の女性講師に話しかけた。あまりの光景に呆然としていた講師の震える口から恐怖が漏れた。

「こんなことが現実にあってよいのですか？」

そのとき突然女生徒が数人相次いで倒れた。過呼吸だろうか、近くの教員が駆けつけようとしたとき、バギッと一瞬の静寂を破る破壊音がこだまし、続いてキャーという絶叫が響いた。二階のギャラリーからだ。委員ではない上級生男子生徒が興奮して近くにあった木製椅子を床やプラスチックごみ箱に叩きつけたのだ。破片が床に飛び散り、周囲は騒然となった。過去に自ら受けた応援練習がフラッシュバックしたのか、周りの男子が止めに入っているがまだ興奮は収まらず大声で叫んでいる。生徒も職員もその場に居合わせた者は皆この一点を見つめ、一瞬虚を突かれたように静まり返った。騒動の主の担任と思える男性教師が駆けつけ、生徒会正顧問の教師がいったん中止することを応援委員長の生徒に指示。新入生は各担任がそれぞれの教室へ連れ帰った。現場は潮が引くように誰もいなくなった。キツネにつままれたような幕引きとなった。

その夜、美保は時間をかけてクラス通信を書いた。クラスの生徒はわかってくれるか、たとえわかってもらえなくとも担任の気持ちだけは伝えねばと思った。このことでまだ十分築けていない互いの絆がますますはかなくなっても仕方がない。挽回のチャンスはまだあるはずだ。

◇竹田美保の二年二組学級通信より

許されない力ずくの強制
～脅し、暴力、言葉の暴力～

応援練習が中止になりました。三月中から校歌などの練習をしてきた応援委員の方、ひとまず矛を収めてください。応援練習の方法に絞って、私の考えを述べます。

現在二年生となっている皆さん、昨年四月に応援練習を受けたときは、どんな感想を持ちましたか？　昨年は暴力行為もあったと聞いています。そのときのことを思い出してください。そしてギャラリーで見ていた人は、今年見た感想を教えてください。

「昨年の方がもっとひどかった」「今年は甘い！」「私たちの方がもっと長くつらかった」など、いろいろ耳には入ってきます。「去年の方がもっとすさまじかったので、もっと厳しくやれ！」という声も聞かれました。

私が一番悲しいのはこのような心理状態を学校が作ったということです。「自分たちは先輩から優しくされて楽しかったので、後輩にも楽しくさせてあげたい」というのが、後輩を迎え入れる先輩の本来の心境ではないでしょうか？　私たち明豊北高校はいつの頃から「やさしさを」を忘れてしまったのでしょうか。

あれは演技だよ、という方もいるでしょう。去年皆さんはそういう風に思えましたか。もう一度昨年のことを思い出してください。自分が受けているときのことを。もう一度受けたいですか？　自分が嫌だったことを人に強制するものではありません。

まず、この応援練習のようなやり方を、個人でやったらどうなりますか？　即刻、家庭反省指導または場合によっては退学などの懲戒処分でしょう。

なぜですか？　応援練習に名を借りた脅しであり、言葉の暴力であり、実際の暴力行為だからです。そういうことを集団でやっていいはずがありません。学校はどうかしていたのです。狭い社会の中だけで生きていくと、何が常識で何が犯罪かさえ、あいまいになることがあります。殺人さえ平気になってしまうこともあるのです。

生徒の皆さんがもともとやさしく素晴らしいことは、一週間授業をしてもうわかりました。充分信用できる生徒さんたちです。その生徒さんたちに、めいっぱい、つっぱる真似や演技を無理にさせる必要はないでしょう。素のままで充分応援の練習はできるでしょう。誰も先輩をなめている一年生なんていません。あなたが一年生のときのことを思い出してください。充分練習してきた先輩同様の声量で歌える一年生なんて一人もいないのですから。その実力をちょっと見せさえすれば、もう充分ではないでしょうか。

先生方の責任は重いと思います。学校は安全で安心して勉強するところです。その安全と安心は「いかなる暴力も許さない」「すべての暴力、どんな言葉による暴力も許さない」ということが原則なのです。だから先日、わざわざ学年集会を開き、「メールによる暴言の書き込みは、言葉の暴力であり、いじめだ」というお話がされたのです。もしこの応援練習は教育的行為だとするならば、肉体的苦痛、精神的苦痛をともなう体罰以外のいかなるものでもありません。そして「体罰」は国の法律で禁止されているのです。

変化は季節の移ろいばかりではなかった。この二週間ほどの理解できない現状、教員不信、失意と絶望の日々をようやく振り返ることができるまでになった。応援練習については生徒会の顧問が中心となって応援委員会の生徒と話し合った。吊るし上げや板挟みになることを覚悟で応援委員会の顧問の先生と生徒会役員にも出席してもらった。「去年まで良かったことがなぜ今年はダメなのか?」「俺たちがやられたことをやり返してなぜ悪い？」などと憤懣やるかたない意見の後、「そもそも応援練習ってなぜやるの？」と言ったのは美保のクラスの宮田貴代子だった。「どうしてもやらなくちゃいけないものなの？」先ほど息巻いていた男子も下を向いた。この応援練習のために思いっきり髪を固めてライオン頭にしてきた藤松亮太がかすかにほっとした表情を浮かべた。すっきりした結論が出たわけではなかったが、生徒の意見は職員会にも伝えるという約束で閉会した。さてその職員会の結論は？

深夜に及ぶ議論の末、生徒会役員も応援委員会も春休みから練習し努力してきたが、周囲の見物の上級生の間で不測の事態が起き、今後も生徒の安全を確保できないという理由で今年は中止、来年度以降のことは別途決めるという学校長の判断が下され、生徒への説明は全校集会で学校長自ら行うことで決着がついた。美保は妥当だと思い、同時にほっとした。議論の中で二つの実態が明らかになった。

一つ、教職員は自らの安全を確保された職員会の中では生徒に対してかなり過激な要求を出すが、その意見を生徒に直接対面で話そうとする者はいなかったという事実。つまり矢面に立とうとする者が一人もいなかった。それで誰もなりたがらない応援委員会の顧問は嫌とは言えない中学校から来た先生に押し付け、例年通りということで済ませてきたというわけだ。今回の生徒会役員および応援委員会と職員や顧問の直接の話し合いは美保の提案だった。生徒と率直に話せば案外まともな意見が出るものだ。

もう一つは荒れた男子生徒のガス抜きとして必要という意見だった。新入生でも目立つ生徒はいる、それらを上級生に特権を与えて支配体制に組み込むという、まるでやくざの世界みたいだが、本気で学校の秩序に必要だと思う教員がいたことに美保はショックを受けた。過去には上級生から目立つ下級生が個人的に呼び出され暴力事件に発展したこともあったというのに。美保はなんとなくこの学校の暗部が見えてきた気がした。そして二年二組の後任を誰も承諾しなかった理由も。問題の多いクラスは誰も受け持ちたくない、かといって経験の浅い新卒の先生には任せられないというジレンマ。校務分掌を決める先生は困って学校長に一任したというわけだ。

郷愁

河川敷の柳もだいぶ緑が濃くなってきた。桜は終わり、花桃やハナミズキの花色が濃くなった。それらが春雨に煙る様子はまるで一幅の日本画のようだと美保は感嘆した。そして二階の家庭科準備室から見えるこの景色が美しければ美しいほど切ない思いがこみ上げてきた。絶え間なく響く怒鳴り声、叫び、罵り声、そして物が壊れる音。美保にとってどれも耐え難いことだったが、一番いたたまれなく感じるのは生徒の面従腹背的な態度とあからさまな猜疑心に満ちた視線である。生徒指導の教師や体育教師の前での平身低頭が他の教員の座学授業では豹変して横柄な態度になるのだ。その落差は今まで経験したことがなかった。そしてそれは赴任したての美保だけが感じる問題ではなかったのに、誰もそれを口にしようとはしなかった。孤立無援、四面楚歌、そんな否定的な言葉が次々と浮かんでは消えた。ついひと月前までの笑顔に満ちた学園は夢幻《ゆめまぼろし》だったのか、同じ高校でどうしてかくも違うのか、美保は反問してはため息をついた。

◇照風高校山岳部の生徒、坂本由紀子の手紙

先生お元気ですか。

昨日まで新入生歓迎会で新しい顧問の先生二人とハミルトンさん、男子四人女子三人の新一年生とで小八郎岳と烏帽子岳へ行ってきました。全員が参加できケガもなくて元気いっぱいです。

二十三人という大人数のため食事は大変でした。新三年生（新と言っても古ぼけて初々しさがないので旧二年生の方が似合うかな？）四人で相談して、一、二年生に準備をしてもらい自分たちは監督ということにしていたのに……。結局手が出て足が出て……。

そんなこんなしながら制覇した烏帽子岳は高かった、雪があった、駒ケ岳が見えた。ちょっと長い前置きになってしまいましたが、なにはともあれ本年度照風高校山岳部、前途多難ではありますが着実に歩み始めました。

五月十五、十六日は地区大会、去年と同じ山です。パンフレットを見ていたら色々な、ちょっとしたことまで浮かんで来ておかしいです。

地区大会で思い出すのは、私が豚汁のこんにゃくを切っているところや、先生が教え

てくれたチゴユリの花のこと。面白いのはテントの中でラジオの気象情報を聞いている先生にコンパス貸して下さいと頼んでいる情景が浮かぶことです。あの山行が山岳部へ入って初めての山行で、目をキョロキョロして見よう見まねで働いている自分が目に浮かんで、心臓がドキドキしてしまいます。あれから一年間、顧問の先生方にしゃべることの下手な私もやっと慣れて来たなと思ったのに、三回ほど一緒に山へ行っただけの先生が転勤され、学習合宿のため引っ越しのお手伝いにいけなくて、かわいい娘さんたちに会えないままになってしまいました。今回の山行でも「美保先生がいてくれたら……」という声が何度か漏れていましたし、萩原君と賢順君が「美保先生と風越山登ったな」「ああ、よく似た女の子が二人一緒だったな」「子どもには勝てなかったな」と話しているのも聞こえました。

何回か山行を重ねて私が思うことは、山岳部に入ったことで頑張りが出るようになったことと生活の知恵が付いたことです。山行の回数を重ねるごとに細かい点に気が届くようになり、わがままを自制できるようになり、本当の親切を心に問うことができました。お料理の手際なんかは良いお嫁さんになるための勉強になりました。

先生の勤務されている高校はやはり女子の数が少ないのでしょうか。今の私の基本講座はまさにそんな雰囲気です。三十人前後のクラスに女子が三人、私の周囲はぐるりと男子、おかげで居眠りもできませんし、お腹が鳴ったら大変です。そんな状況なので余計に勝気な私の闘争心は燃え上がります。それは私の夢というか希望というか、近い将来絶対果たしたいことは、一人の教師として教鞭を執ることと早く結婚して家庭を持つことです。こんなはっきり宣言してどうなるかわからないけど、前者は考え方の変化や努力足らずでじたばたするかもしれないけど、後者は何があっても果たしたいことです。そのためにも山岳部で身についたたくさんのことを役立てたいです。

三年生ということで山に割くことのできる時間に限りを感じてしまうようになりましたが機会を見つけもう一度は先生と一緒に山に行きたいです。

これからの生活に苦楽という山がごろごろしていると思うけれど、山登りのように一つの山の頂から次の山の頂上を確かめ自分の力量に見切りをつけず谷を越えて行きたいと思っています。

手紙をめったに書かないのでバカ娘丸出しの手紙に四枚も付き合って下さって恐縮で

す。漢字を知らないので辞書片手に書きましたが誤字脱字が目立ってもそこは私の可愛さ（？照れる⁇）に免じて許してください。先生とご家族の皆様が健康でたくさんの山に登れますように。

まあ由紀子ったら、お嫁さん願望だったの。懐かしい山の名が出てきて美保の脳裏には遥か県南部の高い峰々が浮かんできた。穏やかな土地柄だった。お茶の木が育つほど気候も穏やかで子どもたちもおっとりしていた。初めて赴任したとき、係の生徒が掃除をするので教卓も裏へ運びますと言ったのに反応して、私がどこの裏なのか右往左往するのを見て生徒たちは大喜びだったなあ。土地の言葉で「うら」というのはただの後ろ、後方のことだった。山岳部の女子三人の中で一番無口でおとなしく、別の言い方をすれば一番目立たなかったのが由紀子だった。でも確か先輩女子も入れて五人でテントを張ったときは違った。翌朝テントを撤収すると三十センチほどの蛇がテントの下敷きになって死んでいた。先輩からあなたの寝袋の位置じゃない？　と言われてむきになって否定していたのが由紀子だった。まあ普段はいつも笑みを絶やさず遠くから眺めているような生徒だったたなあ、と思い出しながら前任校のまったりした雰囲気に言い知れぬ懐かしさを感じた。

慣れない環境というより、あってはならない理不尽の渦に放り込まれたようで、この数週間の落ち込みは尋常ではなかった。私だって由紀子同様負けず嫌いだけど、長女に指摘された頭部の十円玉にはショックを受けた。パパには内緒ねと約束させたが、何か重圧が心身を徐々に蝕んでいるような感覚もあった。有難いことに夫は何かと気遣ってくれ、日曜日には娘を二人とも散歩に連れ出してくれる。

あの頃は逆だったな。夫が多忙だったということもあり、日曜日の山岳部の山行に美保が娘二人を連れて参加したこともあった。ベテランの山男が正顧問だったので甘えさせてもらったのだが、生徒たちはよく娘たちの相手をしてくれて助かった。おかしかったのは娘たちが女生徒よりも構ってくれる男子生徒の方によく懐いたことだ。三つ子の魂百までとはよく言ったものだ。

美保の山歩きは夫の孝幸に連れられて始めたものだが、もともと花や野鳥など自然は大好きだった。ただ運動が苦手なので大学でもゆるい同好会でバードウォッチングやハイキングを楽しむくらいが関の山だった。

（新入生歓迎登山か！）

何だか遠い昔話に思える。そうだよな、人は優しくしてもらえば次は自分も優しくしてやろうと思うよな。美保は教え子からの便りに何か大きな勇気をもらった気がした。

灯友の炉

「春はあけぼの」と清少納言は称えたが、暮れそうで暮れない夕暮れ時のまったりした時間が好きだ。花粉症の方には申し訳ないがちょっと霞んだりもやったりした春の夕暮れがいい。そう、♪夕月かかりてにおい淡し……の世界を美保は好んだ。

明日は休みだ、今日は珍しく早く帰れるぞと駐車場へ急ぐと、どこからともなく焼き肉の香ばしい匂いが漂ってきた。中庭の西側には花木が植えてありきれいだが、東側は桧だか杉だかがぎっしり固めて植えてあり、あまりいい見栄えとは言えない。その暗い針葉樹の林の奥から賑やかな声が聞こえる。恐る恐る近づくと、つなぎのナッパ服を着たちょっとガラの悪そうな男どもが数人笑いながら紙皿を抱えている。その奥で体格の良い体育会系と思える、確か定時制の先生が、大声で笑いながらトングで肉を生徒の差し出す紙皿に盛っている。スポットライトを木の枝にかけて長さ一メートルほどのレンガの炉の周辺を照らしているのだ。まだ外は明るく照明がなくとも行動できるが、炉の周りだけは特別暖かい光に満ちていた。おずおずと近づくと先ほどのナッパ服が「こんちは」と頭を下げた。

「こんばんは」と答えると、二十人ほどの顔が一斉にこちらを向いた。

「ややや、竹田先生。こちらへいらっしゃい」

声をかけてくれたのはなんと学校長ではないか。炉に近づくと椅子をすすめられた。炉の周りに体育会系の角刈りマッチョを挟むように三人ばかりの生徒が腰掛け、あとは学校長を含め皆立食である。女子生徒が紙皿と割り箸を渡してくれる。困惑したまま辺りを見渡していると、学校長が美保を紹介してくれた。

「さあ熱いとこ食べましょ」

体育会系マッチョにドサッと牛肉カルビを盛られた。

「今日は夜間定時制の新入生歓迎会なんですよ。新入生といったってわずか八人ですけど。みんな五時頃まで働いてバイク飛ばしてくるからね、お腹空っぽでね」

確かに夕方になるとバイクや車がやたらにうるさいのでその存在は知っていたが、まともに定時制の生徒たちと会うのは初めてだ。

「さあ冷めないうちに早く食べて」

黒ぶち眼鏡のインテリっぽい、そしてかなりご高齢の先生が優しく声をかけてくれた。

「お～い、みんな、今日は校長さんがデザートに果物一箱差し入れしてくれたぞ。肉の後はビタミンCもちゃんととるんだぞ～」

「ウィース」「ごっつあんです」あちこちから声が飛ぶ。学校長も昼間見せる顔とは別人でニコニコしているではないか。

「皆さんが立ったままなのに済みませんね」

「いいってことよ、いつものことだで」

「皆が座れるようにベンチを作ったけど、それ全部失敗作、悪いね。線路の枕木をただでもらったので、それにペンキ塗ってベンチにしようと、ひと夏かけて生徒会で頑張って作ったけど、あとから枕木の油やタールが滲み出てくるのよ。だから座ると悲惨なことになあ、ひどかったな、はっはっは」

そう話した坊主頭でずんぐりむっくりの先生が隣の生徒を巻き込んでいる。

「この炉をよく見てごらん、そう、横から」

トングを持ったマッチョに言われて腰をかがめるとレンガ一つ一つに何か書いてある。線が深くはっきりしたものもあれば浅くてよくわからないのもある。

「パクさんが提案し生徒会が文化祭に間に合わせて作ったバーベキューの炉なんだよ。授業前に一人一個ずつ、レンガに専用の釘で自分の名前を彫ったのさ、教員も彫ったがこれがなかなか難しくてね。最後に一年から四年まで学年ごとに下から順々にセメントで固めながら積み上げていき、最終日には生徒会長が一番上四段目のラストワンピースを埋めてみんなで万歳三唱したってわけさ」

この角刈り体育会系キン肉マン、話が上手い。聞けば教科は数学だという、人は見かけによらないものだ。パクさんは朴さん、本当は朴山《ほうやま》先生、何かのはずみでそう呼ばれているらしい。

「それ以降何回この炉で焼き肉やったかわからね〜な〜」

昔は大荒れだった定時制が焼き肉の炉を作った頃からすっかり落ち着いて、今では楽しく学び合っているというのだ。

「それでな、その横に桧の柱が立っているだろう。『灯友《とうゆう》の炉』と彫って赤く塗ってある。玄人はだしの作品だけど、そこのアリさんが彫ったものだぜ」

そこのアリさんと言われたのは先ほどの黒ぶち眼鏡、流石にインテリだ！　ところがアリさんはなんと体育教師。若い頃は国体にも出場した正真正銘の体育会系なのだ。それどころかマッチョ数学も、奥の方で生徒と話し込んでいるちょっとダンディな英語教師も、バドミントンの現役国体選手だという。ここはとんでもない集団だ。美保は少々たじろいだ。

「竹田さんにも昼のクラスを卒業させたらこちらの定時制を手伝ってもらいたいと思っているのですよ」

「どういうことですか？」

「ウム、実は職員定数の関係で夜間定時制には専属の家庭科の先生がいないのです。非常勤で他校の先生に来てもらっているが、やはり自前の先生が担当した方が都合いいからね。まああんまり心配しなくても大丈夫、皆可愛い生徒ですよ、ハハハ」

　他校で挫折したり中学校で不登校だったりした定時制の生徒は、学校に馴染めず厄介者扱いされたときもあったが、灯友の炉以降、退学者が格段に減り、以前は学校に生徒が来なくて困ったものが今ではなかなか帰らずに困るというのだ。夜間授業の終了後、バドミントンや卓球などで汗を流し友と交流を深め、定時制の全国大会も目指して頑張っているのだという。素晴らしい、美保は心の中で驚嘆した。そしてこの明豊北高校に赴任して初めて暖かな温もりのようなものを感じた。でも夜間の勤務は私にはムリ。美保は幼い子どもたちの顔を思い浮かべ小さなため息をついた。

パクさんの実験室

翌日放課後、美保が定時制職員室に行くと、それぞれの机に向かっていた先生方が笑顔で迎えてくれた。

「夕べはご馳走様でした。これ少しですが皆さんで召し上がってください」

「へえ、これはどうも。竹田さんが焼いたの？」とマッチョ数学が受け取ってくれた。

「これでも一応家庭科の教師ですから、エヘン！　ところでパクさんはおいでではないでしょうか？」

「パクさんね、理科準備室にいるはず。ここにも来るけど、いつも向こうで実験の準備をしているみたい。場所わかる？」

「はい、角の部屋ですね」

校舎一階の角部屋、その実験室が開けっ放しで、中でパクさんともう一人の若者が粉まみれになっている。

「何をされているのですか？」

「やあ、こんにちは。きのうはどうも」

「いえ、こちらこそご馳走様でした」

「ちょうどいいところへ来てくれた。これね、片栗粉。ここにチャッカマンで火をつけます。燃えるでしょうか？」

「それは無理でしょう。え、でも燃えるのかな？」

「さあどっちだ。a　よく燃える、b　燃えない、c　その他、どれにする？」

「じゃ、とりあえずbでお願いします」

「では火をつけます」と言ってパクさんは蒸発皿の中のてんこ盛りの片栗粉にチャッカマンの炎を当てた。

「燃えませんね、でもちょっと上の方が焦げました」

「あ、ほんどだ。茶色くなっている」

「なるほど、ではこれを篩《ふるい》にかけて、そこに火をつけたらどうなるでしょう？」

「う〜ん、燃えるかなあ」

「a　燃える、b　燃えない、c　爆発的に燃える、の中からどうぞ」

　パクさんは実験机の上に広くアルミホイルを敷き、その上に細いろうそく八本ほどが立てられたベニヤ板を置いた。チャッカマンでろうそく全部に火をつけると、一緒にいた若者が椅子の上に立ってパクさんの持つ金属メッシュの篩の上に片栗粉を少しずつ載せた。パクさんがろうそくの炎の真上で篩を揺すると、篩を通過した粉がフワッと雪のように舞い降り、それがパッと炎をあげ一瞬で燃え切った。二度三度と篩を振る、その度に一瞬の炎が舞い、粉は机上にまで達しなかった。

「すご～い。一瞬ですね」

「そう一瞬だね。粉塵《ふんじん》爆発って聞いたことない？　小麦粉をひく工場で昔はよく爆発事故が起こったらしいよ」

「面白いですね、これ授業でやるのですか？」

「一応化学の授業。物化生地ぜんぶ一人でやらなくちゃいけないので大変よ」

「毎回こんなふうに授業されているのですか」

「まあね。定時制ではね、毎時間生徒と会えるとは限らないので、一瞬で引き付けなくちゃならない、なんて時代もあったからね。今は定時制の生徒も授業時間通りに来て始められるけど、昔は違って始業時になっても誰一人いないなんてこともよくあった。そんなときね、たとえば気まぐれで授業に出たとき、あれ、この先生の授業おもしろい！　って思わせられたらいいかなと。そして続きも見たいとなったらしめたもの。まあ我々職員はちょっと格好つけて言えば、一瞬で引き付ける授業に懸けているわけ。なんちゃって、冗談！」

単に照れ隠しなのか、煙に巻かれた感じ。定時制の先生方は皆ちょっと変わっていると美保は思った。

「全日制では生徒をテストや成績評価で縛るからね。生徒はつまらなくてもわからなくてもじっと耐えているでしょ。ここじゃ、それは通用しない。五段階評価だとか単位認定だとかいう〝脅し〟が通用しないのよ。

来るかどうかわからない生徒とは一期一会と思って一回ごとの授業で一発勝負。一発で学問の楽しさに引き入れるだけの専門性、問われるのは教師の学力。なんてね、大演説しちゃったね」

パクさんは一人で笑ってから、片付け物をしていた若者を近くに呼んだ。

「ところでこの篩、一人では使いにくくてね。今日は大西さんが手伝ってくれたから助かったけど。あ、この人、大西さん。生徒からオニタンって呼ばれているけど全然鬼じゃなくて女生徒に人気者だよ、ね。全日制所属だけど非常勤講師だから会ったことないでしょう」

「大西です、よろしく」

大西は他の学校と兼務でこの明豊北高校には週二日来ている。只今教員採用試験受験中の若年講師ということだ。

「それで家庭科室に粉篩《こなふるい》でいいのがないかしら？　あったらお借りしたいのですが」

「あると思いますよ、探しておきます」

「ありがとう。ところで今日は何か御用が？」

「あ、そうでした。でもいいです、またの機会にします。また寄ってもいいですか？」

「もちろん」

危険物取扱乙四類

美保は家庭科室にある大小二つの粉篩と、あとから電話で頼まれたテニスボールの空き缶を持って理科実験室に向かった。途中定時制の職員室にも寄ると、マッチョ数学が鉄アレイを両手に持って汗をかいていた。

「年を取るとね、段々と筋力が衰えるからね。この頃生徒が強くなって、うかうかしてられないってことさ」

放課後のクラブ活動に備えているらしい。早く登校した三、四人の生徒が給食の牛乳を飲みながらダンディ英語と楽しそうに話している。

「いいか、季節の単語、春夏秋冬を覚えるぞ。まずwinterって何だ?」

「それさ、あれ、あの高速道路おりる所じゃねえ?」

「何言ってるだ、それはinterだろ。winterは水のことじゃねえか?」

「おいおい、どっちも春夏秋冬と関係ないだろうに、俺の発音が悪かったせいか?」

他の先生方は微笑んでいるが、ダンディ英語は大げさに頭を抱えてみせた。

「よーし、今日の授業は徹底的に単語を鍛えるぞ、覚悟しろよ！」

美保が理科実験室を覗くと、今日は六人ほどの生徒を相手に大西先生ことオニタンが座学を実施中だった。難しそうな法律用語の解説をしているらしい。準備室の戸も開いていたが一応ノックした。パクさんこと朴山が満面の笑みを浮かべて迎えてくれた。

「これこれ、これが欲しかったんだよ」と黄色の金属缶を手にして喜んでくれた。そして尖った鋭利なキリで缶の下方三センチほどのところに約五ミリの穴をあけた。プラスチックのふたをはめたり外したり確かめた後、隣の部屋につかつか入っていった。

「オニタン、話の区切りはいい？」

「大丈夫です、始めますか」

二人は打ち合わせてあったようだ。生徒にプリント一枚ずつ配り、美保にも手渡した。

「じゃあ、皆さん、始めます。プリントの図のように蒸発皿にアルコールを入れて火をつけます。どうなるでしょう。a　激しく燃える、b　穏やかに燃える、c　燃えない、さあどれかに○をつけてください。どれに○をつけたか手を挙げてください」

「aの人は？」

四人が手を挙げ、他は一人ずつだった。

「では理由を言ってくれる人、誰か教えてください」

つなぎのナッパ服を着た男子生徒が「アルコールだもの、燃えるに決まってるよ。アルコールランプってものあるじゃないか。芯がないと危ねえんじゃないか」と答えた。

「そうだね。他に意見は？　なければ、やってみるね」

パクさんがチャッカマンを蒸発皿に近づけるとパッと火が付き、その後はゆらゆらと淡く青い炎をくゆらせながら穏やかに燃えた。やがて蒸発皿の液体がなくなるとジューッと音がして火は消えた。

「炎を見つめる時間がいいね。では結果はbということになります」

「次にこのテニスボールの空き缶にアルコール数滴入れて温めてから火をつけるとどうなりますか？」

パクさんは先ほどのように予想を聞き、理由を言いたい生徒に言わせた後、実験に移った。缶の穴を親指で塞ぎながらスポイトで数滴アルコールを入れプラスチックのふたを閉めた。

「この缶を私の愛で温めます」とニコニコ顔で缶を両手で包むと、クスっと笑いが起きた。

「では火をつけます」と言ってチャッカマンの火を先ほどあけた缶の穴に近づけた。その途端、ポーンと予想外に大きな音を立て、プラスチックのふたが飛び天井に当たった。

「おっー」と歓声が沸き起こりぱちぱち拍手が鳴った。

「マジかよー」「ちょービビッた」「ヤバイッすよ、これ」と興奮はまだ覚めやらず。

パクさんはプリントをおしまいまで読んで、また次回ということで生徒たちを帰らせた。

準備室に戻ったパクさんはコーヒーを淹れてくれた。

「竹田さんのお陰で実験大成功です。ありがとう」

そして大西のやっている放課後補習の説明をしてくれた。

「全日制でオニタンが教えている生徒や私の受け持っている定時制の生徒の中に先ほどみたいな化学実験に興味を持ってくれた子が何人か出てきてね。ただ基礎学力の不足もあり上の学校を目指すのはすぐには困難。オニタンの経験から何か資格を目指すと難しいことも勉強する気になるんじゃないかと。それで危険物取扱乙四類というのを呼びかけたら毎年何人か集まってね。昨年はオニタンのお陰で何人も合格。ほらこの通り、地元新聞でも合格率三割の難関に四人合格の快挙って。オニタンも写真入りで紹介されちゃったね」

パクさんは大西に笑いかけてからさらに付け足した。

「オニタンはもう四年もこうして放課後補習をしてくれているのですよ、無料奉仕でね」

「いやいや、ただ自分の勉強にもなると思ってです」

「こんな熱意のある人が正規の教員でなく、只今、採用試験受験中の講師っていうのが不思議。今すぐ正規採用されてしかるべきだけど」

「この資格があるとどんな仕事ができるのですか？」

「たとえばガソリンスタンドには必ず一人はこの資格保持が義務付けられているし、バイトの時給も上がるのです。それにタンクローリーなどの運転でも有利。そういう実用的な理由もあるけど、何か資格が取れたってことで自信が持てる、つまり俺だってやれるぞと思えることが大きいと思います」

大西は生真面目に答えた。そして付け加えるように、個々の生徒の課題は理科的な知識よりも問題文の理解、つまり基礎的な読み書きの力不足だと指摘した。十八歳になって自動車の免許を取りに行っても、ペーパーテストの本試験で落ちてしまう。中には自動車学校卒業後、本試験に何度も落ちて期限ぎりぎりになってしまった生徒もいたという。美保はつい先ほど定時制職員室で見たダンディ英語を囲む生徒のやり取りを思い浮かべた。

「オニタンは実業高校出身という変わり種で、高校でたくさんの資格を取っているのよ。それで私も教わりながら受けてみた。いやあ、緊張したよ、生徒と一緒に机並べて受験というのは。万が一というのがあるからネ、ハハハ」

美保はすでに夕日が沈み薄暗くなった廊下を自室に向かいながら、暖かなものに触れた気がした。「灯友」という文字が浮かんだ。誰に命じられたわけでもなく行われている日々の学びの営み。生徒がいて先生がいて互いに学び合う教育の原点を見たような気がした。

同志

高校の教員にとってクラブ活動の指導というのは楽しみでもあるが重荷でもあると竹田美保はいつも思う。放課後の時間がそれにとられて授業準備に充てる時間がない。家に持ち帰る人もいるが、仕事のことはなるべく家庭に持ち込みたくない。結局帰宅時刻を遅らせるしかないのだ。

その日も灯りをつけて授業の準備をしていると平田洋子が訪ねてきた。平田は同じ二学年の担任だから初日から顔も合わせているし学年会議でいつも一緒なのだが、これまであまり二人で話したことがなかった。美保は週一度発行のクラス通信を所属する学年の先生方全員に配っているが、それは自分の考えやクラス指導のやり方をチーム全員に見てもらいたいと思うからだ。だから応援練習のやり方に異議を唱えたときのクラス通信も配布してあった。

しかし職員会の中でその通信を全職員に無断で配布されるとは思いもよらなかった。平田洋子が自分の意見の根拠として使ったのだ。悪意のあることではなくむしろ共感を覚えてしたことだったが、そうだとしても一言断ってくれたら良かったのに、とその強引さに少し距離を置いてきたのだった。

「先生にしかご相談できる人がいなくて」と平田は話し始めた。

平田洋子にとって本校は初めての学校だが、ジャーナリスト志望で社会人として働いてきた後で採用試験を受けたので、普通の大学新卒よりはだいぶ年上だ。数々の教育現場を取材した経験を生かし自分の理想の教育を目指して自信満々で赴任したという。

「ところが違うのね。何かといえば校則、校則。妥協も寛容もない、言うことを聞かない者には単位をあげないなんて、何かにつけて単位認定で脅すのよ。教師がこんなに威張っていていいものなの？　去年なんか、私がホームルームやっているところに生徒指導の先生方二人で押し入ってきて、頭髪の約束が守られてないので連れていきますって、三人連れだしたんですよ。私、ユダヤ人がゲシュタポに連行される様子を想像したわ」

さすがに社会科の教員。今は地歴と公民というが、連想の質が違うと美保は感心した。

「結局そういう指導が嫌で登校しなくなった生徒もいるのに、成績会議で出席日数が満たないとか欠課時数がいくつ超えたとかで留年させるのよ。だいたい一つの学校で三十人も四十人も留年させていいものなの？　定時制や通信制へ転入する子が多いから数字の上ではたいしたことないように見えるけど、なるべくこの学校から排除したいって意向がありあり。これは教育じゃないって、学年会でも話題に出し職員会でも最初は発言していたの。でも皆いやーな顔するのね。頷く人もいるけど何も援護してくれない。最初はどうしてなのかわからなかった。でもね、最近わかったの。授業をやると素直に言うことを聞いてくれない生徒もいるでしょ。それを生徒指導というか体育会系の先生方がごいごいと腕力にまかせて言うことを聞かせる。それを有り難い、助かると思う教員もいるのね。担任だとどうしてもクラスに一つや二つ問題行動が起きる。そうしたとき、飴と鞭、つまり方向転換をちらつかせながら言うことを聞かせるのが彼らのやり方。成績会議だって会議じゃない。規則通りの一点張りで平気で評定一をつけて不認定、その報告会みたいなもの。担任は人質をとられている気がして強いことが言えない。せいぜい何とかお願いします、お代官様お願いしますって感じよ」

平田洋子は一息ついた。話すうちに口惜しさがこみ上げてきたのか、うっすら涙がにじんでいる。

「それで、何か私の感覚の方がおかしいのかって、段々思えてくるのね。そう思うともうどうでもよくなって、皆に嫌な顔されながらわざわざ会議で何か言うのも煩わしくなってきたの。でも竹田先生が来て、疑義を唱え意見を言うのを聞き、またクラス通信も読ませてもらって、やっぱりおかしいのは私ではない、って思えてきた」

「私は来たばかりで、まだ生徒の気持ちがわからないし保護者がどう思っているのかもよくわからない。私のことを素直に受け入れてくれた生徒もいれば猜疑心いっぱいの目つきの生徒もいる。だから私としては竹田美保ってこんな奴だとわかってもらうのが最初。授業だけでなくいっぱい行事とかで生徒と触れ合う機会を多くしよう、早く一年分の遅れを取り戻そうって考えているとこ。ちょっとこれ見て。きのう郵送で来た手紙」

長谷川瑞希の母の手紙

前略　突然ですが、お便りします。娘から「今度の先生はねェー」と、プリントを見せられたり、話をきかされたり。先生は「行動力のある人」と娘が言っています。

「うれしい、期待できる」と思いました。本校にお世話になってから「ずーっと」望んでいた事です。クラスの仲間も先生も、みんなで「たのしい想い出作り。」わが娘もそうですが、こころの「キズ」があったり、バイトをやりながら学校の生活。みんな笑顔で卒業できたら一番いいと思います。なので微力ですが私にできそうな事、協力できたらなと思います。先生がんばって！　Mの母より

「表書きで誰だか名前を明かしているのにMの母とか書いてあって、可愛いお母さんね。でも嬉しい！　ちゃんとクラス通信が届いている。それに私のことも支持してくれている、本当に嬉しくて。自慢しちゃうね。

夕べ夫に見せたら、『こんな手紙を親からもらったら頑張るしかありませんね』と背中を押された」と美保は笑いながら封筒にしまった。

「竹田先生、凄いですね。私も初めの頃クラス通信を出していたのですが、諸注意ばっかり、あれはいけない、これはいけないと生徒に要求ばかり出していたから、誰も読んでくれなくなって。今思えば他の先生の目を気にして先回りして注意していただけなのね。放課後教室を見回りに行ってごみ箱を覗くとクラス通信の束がごっそり。それを見るのが辛

くて書かなくなっちゃった。もともとブン屋なのにね」

「誰だって最初からはうまくいかないわ。『星の王子様』のキツネの話、仲良くなるには時間をかけて少しずつ互いを知っていかなくちゃね」

「でも生徒とはなんとかやれそうだけど、大の大人の先生方に対してどう切り出していいものか。ただでさえ女は引っ込んでいろ、みたいな雰囲気だし」

「私が初めて教師になったとき、その学校はとても自由な職員集団で勉強になったけど、職員会でのタバコが凄かったのよ。煙がもうもうとして、対面の先生の顔が霞んでいたくらい。それで妊娠中の養護教諭と相談して会議中の禁煙を提案したの。まだ嫌煙権なんて言葉だけの時代、抵抗あるだろうなと予想したけど、一番ヘビースモーカーの校長が『今後やめましょう』って。その一言で笑って決議。皆内心ではヤバイと思っていたんだね。新卒のペーペーの発言をちゃんと受け入れてくれて嬉しかったなあ。言っても変わらないかもしれないけど言わなきゃ永遠に変わらない。ちょっとくらい憎まれたって平気、でもないけど仕方ないね」

「良かった、今日思い切って愚痴を言いに来て。竹田先生、また来てもいいですか？」

「ダメ！」

「エッ？」

「そう、その先生っていうのを止めてくれない？　さん、づけにしてほしいわ」

「わかりました、た、たけださん。どうせなら美保さんにしよう、いいですね？」

上高地遠足

明豊北高校では遠足はクラスごとに計画するのが恒例であった。行き先は伝統的に遊園地、DランドやFハイランドが定番で、昨年は全クラスがFハイランドに行ったということだ。いったん遊園地に入ってしまえば帰りの集合時刻まで自由にさせておけるので、担任業務としてこれ以上楽なことはない。

美保は遊園地が特別嫌いではないが、何かもっと生徒に有益な企画はないかと思っていたところ、意外にも二学年の担任の会議で四組担任の大沼夏樹が二年全クラス合同のハイキングを提案してきた。少しみんなで歩いてエネルギーを発散させようという趣旨だ。年度末の成績認定会議で何人もの不認定者を出しその対応に追われた鬱憤もあったようだ。また応援練習の中断など生徒の間にもエネルギーのやり場に困っている状況も感じていたのだ。少しぎくしゃくしていた担任団も一つの企画に一緒に取り組むことで前進したいということもあったのだろう。どうせ歩くなら天下の名勝地、上高地にでも行こうという学年主任、小原信《おばらしん》の一言であっさり行き先まで決まった。バスの手配は前年度すでに済んでいるので日程の詳細を大沼夏樹が立てることになった。

学校行事にかかわらず前例にないことをやるときは計画段階からいくつものハードルを越えなければならない。悪天候の場合は、天候の急変時は、歩けない生徒が出た場合は、急病人の対策は、道迷いは、などなど。中には国立公園の特別景勝地でゴミを散らかしたらどうするか？ などとケチをつける他学年の先生もいたが、四人の担任団は一つ一つ課題をクリアしていった。新しく仲間に加わった美保を含めて、この学年の担任団が初めて協力して一つの企画を練り上げた行事となった。結果は？

絶好のハイキング日和に当たった。有名な河童橋から残雪の穂高連峰を仰ぎクラスの集合写真を撮った。河童橋からは梓川沿いの遊歩道を二クラスずつ右回りと左回りで辿り、三キロ先の明神橋で合流することになっている。副担任の先生方も先頭や後尾につき安全を確保した。下界は初夏の陽気でもさすが標高一五〇〇メートルの上高地は肌寒い。それが歩くにはちょうど快適だった。

美保も久しぶりの山歩きで浮き浮きしたが、クラスの生徒たちが次々と話しかけてくれるのが嬉しかった。

「先生、私はね～」「先生、おれさ～」という年齢の割に幼い話しかけには驚いたが、今まで教室で一度も個人的に話す機会がなかった生徒と次々と話せるのがただ嬉しかった。相前後しながら話し、森を抜け渓流を渡り、対岸の山々に驚嘆し、清流梓川の水の冷たさに歓声を上げた。心が少しずつ解放されて互いの距離は近づいた。

「先生、猿がいま～す！」上村啓が叫んだ。見上げれば梢で数匹の猿が桜の蕾や若い芽を無心に食べている。地面にはその食い散らかしが落ちているが、よく見るとミヤマエンレイソウの白色の花やヤマエンゴサクの透き通った青紫色の花房も明るい林床を埋めている。

「私、こういうの、大好きなんです。部屋の中にいると気持ちが滅入ってきます」

吹奏楽部でフルートを吹く典型的なインドア派だと思った生徒が意外にもアウトドア派だった。

「先生、こんなふうに春の林の中で咲く花たちのことを何と言うか知ってますか？」

「あら、何と言うの？」

「スプリング・エフェメラル、春の妖精って言うらしいです」

上村啓は一年生の段階で、高校卒業レベルと言われる英語検定二級に合格している。

「先生、こっち凄いですよ。一面に白いカーペット。何の花ですか？」

宮田貴代子の呼びかけに前方を見れば一面にニリンソウの群落。ちょうど見頃だ。一つの葉の脇に二つずつ花が付くので二輪草。蕾のときは薄いピンク色だが、やがて真っ白な五弁の花が空に向かって開く。まだ芽吹きが済んでいない明るい林の中がどこまでもどこまでも白いニリンソウの花に埋め尽くされて、まさに春の妖精たちの祭典のようだ。

そして唐突に再び梓川の河原に出た。生徒たちの大歓声が聞こえる。

「わお〜、高いなあ」

「あれ、なんて山、あの尖っているの？」

梓川の清流を挟んで対岸に高々と聳えている明神岳の尖塔に誰もが見惚れている。見晴らしの良い清流の河原に下りて昼食。普段あまり仲良しには見えなかったクラスなのに、今日は何となくクラスごとに固まっているのが面白い。

「小原先生、そのラガーシャツ、お似合いですね」

「そうですか、この日のために買ったばっかり、エヘへへ」

平田洋子に指摘されてちょっと照れている。大沼夏樹もここまでトラブルがなくほっとした顔をしている。副担任の先生方ものびのびした様子で明神岳を仰いでいる。美保も冷たい梓川の雪解け水に手を入れながら、赴任以来の学校不信、教員へのわだかまりが少しずつ流されていくような気がした。みんな根はまじめ、生徒にとって良き師になろうと頑張っているのだと。

美保は帰宅して夫、孝幸に今日の出来事を話した。そして、

「明日の土曜日、私の誕生日なので何か考えてくれていると思うんだけど、一つお願いがあるの。実は今日、バスの集合時刻に間に合うよう一番遅い生徒を後ろから追い立てていたら、帰りに河童橋のお土産店に寄ってくる時間がなかったのよ。美幸ちゃんにも会えなくて残念だったし、河童の玉子も買いそびれてしまったの」

美幸ちゃんというのは美保の最初に勤めた学校の教え子だ。山岳部として三年時には上高地から槍ケ岳に登った。現役で槍ケ岳に登ったその高校初の女子という栄誉が与えられた。卒業後、すっかり気に入った上高地の土産物店に就職し、冬季は同じ系列の町のレストランで働いている。

「だから明日もう一回、うちの子どもたちも連れて一緒に上高地に行きたいの。行ってく

れる？」

「俺はいいけど、君の方は二日連続で疲れないか」

「全然、とにかく上高地でしか売っていない河童の玉子をゲットしなくちゃ」

遠足は一学期の中間試験が終わった翌日であったが、テスト終了後、倉田初音がやってきてもうアップアップだという。新学期になってほとんど休まずに頑張ったが、「もう心理的にも肉体的にも限界で遠足には参加できない」と訴えた。美保は無理せずゆっくり休むよう指示したが、月曜日からのことを考えると少し不安に思えた。週明け、クラスの仲間が思い出話に花を咲かせる中で感じる疎外感をいくらか和らげてあげたいと考えた末、河童橋の袂の土産物店にしか売っていない特産品を彼女のところに持っていくことにしたのだ。

翌日も快晴、孝幸の車でバスターミナルまで。まったく同じコースではつまらないので、大正池から歩くことにした。娘たちも久々のハイキングに大喜び、大はしゃぎ。新しい慣れない環境での生活にやはりストレスを溜めていたのだろう。

青空に焼岳《やけだけ》の荒々しい山体が映え、それが大正池の水面に映って見事だ。

「お父さんたちの写真を撮ってあげる。二人並んで」

焼岳をバックに長女が孝幸のカメラを構えた。久々のツーショットは長女による初めての撮影。そして渓流沿いの木道を進むと田代湿原。みずみずしい高層湿原を針葉樹の森が取り囲み、その向こうに残雪の穂高連峰、そしてすぐ右手には霞沢岳《かすみざわだけ》が覆い被さるように屹立していた。

「あれ、先生じゃん」

店員の大声に周囲の客が一斉に振り向いた。

「お久しぶり、元気？」

「お久しぶりです。また山ですか？」

「ううん、今日はこれ買いに来たの」

「先生も、もの好きですね。それより他のみんなは元気ですか？」

「最近は会ってないの。でもこのあと皆にラインするのでしょ、前回みたいに」

「え、はっはっは。バレてた？」

美保は数年前、前任校の山岳部の引率で蝶ケ岳に登った帰りに立ち寄ったことがあった。

そのことはさっそく「きょう、美保が来た！　また山だってさ!!」とラインでクラス仲間に送られていたのだ。後で他の教え子からその話を聞き、卒業後も同級生同士の密接なつながりがあることがわかり、何だか嬉しく安堵を覚えたことがあったのだ。

帰途、運転する夫に寄り道をしてもらい、遠足に来られなかった倉田の家にお土産を届け、何とかその日の目的を達成したのだった。

三度目の家庭反省

美保が担任する二年二組の尾木直也が三度目の家庭反省指導を言い渡されたのは、うっとうしい梅雨が始まる直前だった。体育の授業中に注意されたことに逆切れして暴言を吐いたということだった。美保は尾木を自分の準備室に連れていき落ち着かせた。そこへ体育の授業で一緒だった藤松と佐多も遅れて入ってきた。

「あいつが、てめえって言うから、お前にてめえって呼ばれる筋合いはないって言っただけだぜ」

「先生、本当だぜ、先にけんか売ったのはあっちの方だよ。みんな見てたぜ」と藤松も援護した。

尾木は話し始めると悔しさがこみ上げてくるのか再び興奮気味になった。春休みに所属する部活の練習に来たが、駅で期限の切れた定期券を使おうとして補導された。そのことで家庭反省指導となったが同時に部の顧問に恥さらしだと言われ、売り言葉に買い言葉で退部した。もちろん当初は本気で辞めるつもりではなかった。体育の授業でその顧問の顔を見ると自分でもどうしようもなくイライラしてしまう、ざっと大筋は理解できた。

美保から見て尾木は確かにかっとしやすい面はあるが、お調子者で皆を笑わせるのが好き。ただ調子に乗りやすいところが厳格な先生には疎まれるのかもしれない。

尾木の家庭反省指導は短期間で終了するかと誰もが見込んでいたが、思わぬ事態に発展した。まず尾木は自分の暴言については反省するが、教師の放った暴言についても謝ってほしいと譲らない。生徒指導主任、山際健三はその必要はなく、これで三度目の反省指導なので方向転換を要求するというものだった。方向転換というのはこの学校に在籍することを許さず、自ら退学を申し出るか他校へ転学するように仕向けるということだった。山際の主張の根拠はこれ以上生徒の暴言を放置しては学校内の秩序がさらに乱れ、授業妨害に当たるということだった。言外に美保の指導不足を指摘しているようにも聞こえた。これに呼応する意見も相次ぎ、美保は思わぬ苦境に狼狽した。

しかし予想外の援護射撃が始まった。平田洋子が教師の言葉遣いや生徒へのリスペクトを欠く指導を指摘すると、二学年主任、小原信が方向転換という指導放棄を無責任だと断罪した。続いて大沼夏樹も尾木の授業中の態度が一年時に比べ格段に良くなったことを話し、指導の継続を訴えた。美保は四面楚歌が転じて万軍の加勢を得たように頼もしく思えた。

珍しく学校長が発言した。

「議論、お疲れ様です。生徒指導係の方も朝早くからいつもご苦労様です。私も昨年度から本校の指導を見ていて気になっていたことを述べます。確かに本校は手のかかる生徒が多くいます。その指導の大変さは重々承知しておるつもりです。だが学校にとって生徒は毎年毎年入れ替わり入っては出ていくものですが、生徒にとっては生涯ただ一度の高校生活です。それを見守る親にとっても、たとえ何人子どもがいようとも一人一度ずつの高校生活です。どうか生徒をマスとして見ないで一人一人の人生、一つ一つの命として見てもらえないでしょうか。生徒の欠陥を先にあげつらうのでなく、それに目をつぶってでも生徒一人一人の尊厳、リスペクトを優先してもらえないでしょうか。時代は変わり世間の常識も変わってきております。言葉遣い一つとっても先生方が育った土壌のままで良いとはいかないのです。誰が？とは問いません。各係、各教科で話題にしてもらいたいと思います。本日は長い職員会、本当にお疲れ様でした」

結局、尾木の家庭反省指導は登校反省指導に切り替えられた。登校反省とは学校には登校させるが、皆と同じ授業には出席させず、特別室で一人反省の時間を持たせ、反省の気持ちが高まったら反省作文を書かせ、多くの先生方に順次接見してもらい、より反省の度合いを深めるもの、と明豊北高校では規定していた。が、実質は他の生徒への見せしめと生徒指導の係の教師による説教である。反省期間中の義務である日誌と作文にリアリティーを持たせるための熟成期間と言ってもいい。いずれにしても指導をしたというアリバイ的な代物だが、次回何かあったときに「あのときお前はこのように書いたではないか」と処分の材料にもされる。

美保は放課後、帰宅前の尾木と彼を心配して駆けつけた藤松、岩崎、長谷川の四人を学校の裏山に連れ出した。裏山と言っても丘のようなものだが、階段と遊歩道が整備されており町民の散歩コースとなっている。前日の雨で濡れている木製階段は少し滑ったが、一日中狭い部屋に閉じ込められた尾木にとってはいい気晴らしになるはず。珍しく晴れ渡った空にはもう夏の入道雲が湧いている。緑がまぶしい。

「先生、ここ滑り過ぎ、危険！」岩崎が文句を言った。

「これ、下りの方がやばいんじゃねえ」長谷川も不安げだ。

「みんな、聞いて。ほら、きれいな囀《さえず》り聞こえるでしょ」美保は鳥の声のする枝を指さした。

「オオルリって言うの。幸せを呼ぶ青い鳥」

「うそ、どこどこ?」藤松が本気で探している。

「あの太い木の沢の方に伸びている大きな枝、わかる? その枝の先の方、わかるかなあ」

「いた、いた、本当に青いんだ」「やべ〜よ、これ」「青い鳥って本当にいるんだね」

階段を登り切ると林が切り開かれ小さな展望台があった。校舎のある平地からは見えなかった高い山並みが見えてきた。その山頂付近にわずかばかりになった残雪が白く光っている。

「学校からは見えないのよね、あの山の方が高いのに」

「その前の低い丘が邪魔しているからだ」尾木が答えた。

「そうそう、学校から見るとあの黒い丘が高く見えて他を隠しているけど、ちょっとここまで上がればその奥の本当に高い山が見えるのね。こういうことって世の中に多い気がするの、私の短い人生経験でも。凄く偉そうに見えたものがちょっと視点を変えたらそうでもなくて、逆に貧弱に見えたものが本当はビッグだったりして」

先ほどまで賑やかだった生徒たちが急に押し黙った。

「だからさ、あの小さな丘に登ることに一生を懸けるのも、人それぞれの人生だからありかもしれないけど、その奥に隠れて見えなかったビッグな高峰に挑んでみるというのもまた面白いんじゃないかな」

「要するにあんな小さな丘で一生を棒に振るなって、そういうこと？」藤松が尋ねた。

「まあ、あんまり深い意味はないんだけど」

美保はとっさの思い付きを言葉にしたことを少し悔やんだ。こんなことを反省文にそのまま書かれたら藪蛇だ、逆効果だと少々焦った。

「まあ、みんな、ビッグに生きようぜ、ハッハッハ」

笑ってごまかしたが、なぜか生徒たちはじっと山の方を眺めていた。

尾木ママの手紙

「竹田さん、ちょっと今空いている？　こっちまで来てくれますか？」

放課後、珍しく学校長からの呼び出し。いつも開けっ放しの校長室のドアが閉まっている。先客がいた。平田洋子だった。

「尾木君は元気かね？」

「まあ、すっきりはしてないようですが、今はダンスの方に向いているようです」

「ダンス？　あの映画のShall we ダンス？　ですか」

「それは社交ダンス。若者に流行っているのはストリートダンスですよ」と平田が補足した。

「いやね、実は平田さんが保護者から相談を受けてね。先生方の乱暴な話し方や言葉遣いは何とかならんか、教師が威張り過ぎだぞと。ちょうど尾木君の件があったので、じゃあ竹田さんにも一緒に私の話を聞いてもらおうかと」

学校長、斎藤順は校長室をいつも開放して生徒教職員の出入りも自由、という気さくでオープンな一面もあるが、結構頑固で、名前の「順」は「すなお」と読むが全然素直ではない、という噂は美保の耳に入っていた。だが先日の職員会での発言も含め、そんな見方に修正が必要かもと美保は思い始めていた。

「先日尾木君の反省指導が終了したが、親はやはり納得いかない面もあったようだ。親から見れば学校へ子どもを人質に預けている気がするものだ。だから面と向かって苦情を言うのは余程の覚悟があってのことだ。平田さんや竹田さんが生徒や親の話を一生懸命に聞いて寄り添ってくれていると思ったので、親としてもできるだけのことをしようと決心したのだろう。私は匿名の苦情やメールなどはたいてい無視しているし、相手が県教委に電話するぞという脅しには、ハイお好きにどうぞ、と答えている。だけどこの手紙は住所氏名どころか、息子のクラスまではっきり示して公表しても良いと書いてきている。だからね、きちんと答えなくてはならんと思った。

尾木君のお母さんだから尾木ママだね」と笑いながら校長は手紙を美保に手渡した。

尾木ママからの手紙

どのように受け取られるかわかりませんが、また、子供の言葉を鵜呑みにするわけでもありませんが、つれづれに思うことをお伝えし、一石を投ずることができればと思います。

高校に入学して、先生方に「日本語が解るか？」「カス」「まだやめないのか？」とも言われたそうです。決して優れた子ではないかもしれませんが、そこまで言われなければいけないのでしょうか。人の価値とは、何ですか。先生の言いつけを聞いて、成績の優れた生徒がいい子で、それ以外は、ダメなやつなのですか。もっと言えば先生や親の前でいい子、裏に回れば後輩たちに好き勝手。要領よくやれば良いと言うことでしょうか。生徒にもプライドがあり人権もあります。

今、数々の失敗をしたとしてもその失敗で多くのことを学び、未来の糧になることもあると思います。失敗が本当に悪いことだけなのでしょうか。失敗から気づくこともあり、それが今すぐでなくとも何年かして気づき理解できる日が来るということもあると思います。今現在彼らは、世の中とはどのようなものか、人としてどうあるべきかを学んでいる過程で、まだ未熟。学校で学ぶべきものは勉強だけではありません。この世に生を享けて、物心がついてからはわずか十年そこそこしか経っていないのです。もう高校生、されどまだ高校生なのです。

自分のことで言えば、未だに日々、迷い、悩み、失敗を繰り返しています。四十にして惑わず、五十にして天命を知るには至っておりません。

人間ですから好き嫌い、相性もあるのは仕方のない面もあるかもしれません。また若さゆえの無礼、言葉遣いや態度にも問題があるとは思います。しかし一部には、生徒を人とも思わない言動、態度をされている先生方もいらっしゃるように思います。先生は学校では絶対の人間ですから。先生から学ぶものもまた勉強だけではないと感じます。

その点で言わせて頂くと、体育会系のノリで「おい、おまえらぁ〜」「なにやってんだぁ〜」「てめえらぁ〜それでいいと思ってんのかぁ〜、こらぁ、あぁ？」などの言動も時折耳にし、ここから果たして何を学ぶというのでしょうか。「おめえら、言葉遣いってもんを気いつけろや」と先生が仮に言ったとします。この発言からどう学習してよいか、未熟な者にわかると思いますか。もし学習するとすればこんな大人になりたくないということではと感じます。

結果的に大大先輩が後輩に威圧的に接しているのと同じにしか見えない。俺の言うことを黙って聞いていりゃあいいのだよと。

叱っているのか、あるいは言うことを聞かず手を煩わせる者に対しての苛立ちなのか、その思いの中心はどこなのでしょう。先生の気持ちか生徒の気持ちか……。上に立つ者として、指導をしていく者として勉強だけを教えていれば良いのではなく、なぜ言うことを聞かないのか根本的なところを探って指導していくことが大切なのではないでしょうか。生徒から多少の無礼を受けたとしてもその都度教師が適切な指導を行うことで、どうあるべきかを生徒は学び、いずれ自身が大人になった時に初めて理解し教師の愛を感じるものではありませんか。

気持ちの行き違いもあるかもしれませんが思いは通じるのではないか。以心伝心は昔から言われています。心は合わせ鏡の様なもので、気に入らない心で見れば相手もやっぱり同じく、気に入らない。お気に入りの生徒には、処分や対応が甘い、『差別を感じる』ということは、やはりそこに『差』というものがあるのではないでしょうか。

人生の中で、忘れられない言葉、忘れられない人、影響を受けた人、誰の中にもいると思います。成長の途中途中でめぐり合った先生方、心に深く刻まれるその姿が、恩師なのか、怨師なのか。

素直に伸びてきた者の心をねじ曲げないでください。竹のように節を作ってまっすぐ伸びるのならよいですが、ねじれて、いじけて、ぐしゃぐしゃにからみ、枯れ果ててしまったとしたならば、これからどうやって真っすぐ伸びることができるのでしょうか。天に向かって伸びる若竹の様におおらかに成長してほしい！

親であれば、皆そうおもっていることと思います。その為にも先生方、親、子供たちが各々を信頼し、頑張れる環境をつくらねばと思いませんか……。高校生なので自分たちで解決していけたら、また、近年つぶやかれるモンスターペアレントと言われて子供がさらに居づらい状況になってもと思い、今日まで発言は控えてきました。親はもちろんの事、本人も絶対卒業すると申しておりますので、未熟者として見守り、時には愛ある叱咤激励をして頂きたいと思います。学校にとって差し障りがあると思われる者、自分にとっていけすかないヤツは切り捨てるといった感情で携わるのはやめていただきたいと切に願います。

私たち、経験を積んできた者には解ることでも、彼らには、注意された意味も充分理解できず、反発するかもしれませんが、でもそれは経験不足によるものと思います。倍以上も経験を重ね、さまざまな経験をしてきた大人が諭し考えさせるべく努めていく姿勢を見せること、ともに歩み寄り進んでいこうとすることが、大切なのではないかと思います。むりに型にはめるのでなく、素直な気持ちでじっくりおさまるように支えていくことが大人の役目なのではないかと感じています。

子供の後ろには、たとえどんなこと言われようと、子を思い慈しむ親がおり、今まさに悪戦苦闘しつつも懸命に子育てしていること、肝に銘じてください。大切な子を先生方に預けております。世間に恥じないように、人間として恥ずかしくないようにと私たちもまた教えております。しかし親ばかりでなく教師の指導は必要です。教育のプロとして指導をお願いしたく思います。

定時制の心

　梅雨にはいって雨模様の日々が続くと、さすがに公園のように美しい明豊北高校の樹木の緑も少々重々しく感じられるようになった。美保は平田洋子を誘って夜間定時制のパクさんこと朴山を訪ねた。

「まあその頃はね、なかなか大変だったよ。遅刻して土足で上がってきた生徒を教頭が叱ると飲んでいた牛乳瓶を壁に投げつけてね。ほの暗い廊下の壁に牛乳が白く滴り落ち、ガラスの破片があちこち飛び散って、何だか世も末の気がしたな。ものが破壊される音や怒鳴り合う声っていうのは心が荒むよ」

「今はみんな穏やかで信じられませんね、何か良くなるきっかけとかあったのですか」と平田洋子が尋ねた。

「生徒会で新入生歓迎会を開いたのです」

　あまりに平凡な返答に二人は少々肩透かしを食った気がした。パクさんは定時制に赴任していきなり四年生の担任になったという。三年生まで受け持った担任がまさかの転出で急な登板。悪い評判ばかり聞かされたパクさんは、最初の対面で、紙ヒコーキになることを覚悟でクラス通信を配ったという。その中で、あと一年間だけだがいい思い出作りをして全員で卒業しようと呼びかけたのち、手始めに今年入学してくる新入生を温かく迎えるための歓迎行事を提案した。新入生と言っても他校からの挫折組や不登校で中学校にほとんど通っていない生徒が大半だから、彼らに対して何か温かく迎える企画はできないかと訴えたという。

「驚きましたね、誰も人の話は聞かないだろうと思っていたのに、通信もちゃんと読んでくれたからね。紙ヒコーキ、一つも飛ばなかったよ。それで調子に乗って歓迎会で何か作って食べさせてあげよう、って提案したのです。そしたら一番怖そうで図体のでかい、頭がパンチパーマの子が、何作るんだって聞いてくるじゃない。私もちょっと遠慮がちに、まあカレーが無難かなと」

「そうしたら、パンチはなんて?」と平田も先を急かせた。

「カレーか、飯を炊くにしても先生方を含めりゃ四十人分、そんな鍋はあるのかと。私は大丈夫、合宿所というところにちゃんとあるよ、と。するとそのパンチがね、その子、実は生徒会長ですが、その会長はこう言うのです。両方作ると面倒くさいから飯は俺が炊いて持ってきてやる、カレーは合宿所で他の四年が作る、まあ任せろって。実はその子は市内の食堂の息子で、後継ぎらしいのです。もちろん親分肌で格好いいところ見せたかったのでしょうが」

ここでパクさんは一息ついた。

「こんな話、始めたら一晩中かかっちゃう、そろそろ本題に入りますね」

「エッ？」

パクさんの話では最初の歓迎会がうまくいったからと言って学校の雰囲気がすぐに変わったのではない、その後もトラブル続きでほとほと教員側が登校拒否状態だったという。しかし何も言わない生徒たちでも教師のやることをちゃんと見ているものなのだ。

職場での肉体的辛さに加え上司同僚からの差別的発言、世間の目や通学時の電車内の客の目、同じ高校であっても全日制の生徒や職員から受ける嫌悪に満ちたまなざしや殊更見ない振り、こうした態度に傷ついてきた彼らにできることはアルマジロのように頑なに鎧《よろい》で覆って身を守るか、逆に爆音を轟かせてバイクや自動車で乗り付けこれ見よがしに

郵 便 は が き

料金受取人払郵便

新宿局承認

2524

差出有効期間
2025年3月
31日まで
(切手不要)

1 6 0-8 7 9 1

141

東京都新宿区新宿1－10－1

(株)文芸社

愛読者カード係 行

お名前《ふりがな》			明治 大正 昭和 平成 年生 歳	
ご住所《ふりがな》	□□□-□□□□			性別 男・女
お電話 番号	(書籍ご注文の際に必要です)	ご職業		
E-mail				
ご購読雑誌(複数可)		ご購読新聞 新聞		

最近読んでおもしろかった本や今後、とりあげてほしいテーマをお教えください。

ご自分の研究成果や経験、お考え等を出版してみたいというお気持ちはありますか。

ある　ない　内容・テーマ(　　　　　)

現在完成した作品をお持ちですか。

ある　ない　ジャンル・原稿量(　　　　　)

書　名				
お買上 書　店	都道 府県	市区 郡	書店名	書店
			ご購入日	年　　月　　日

本書をどこでお知りになりましたか?

1.書店店頭　2.知人にすすめられて　3.インターネット(サイト名　　　　)
4.DMハガキ　5.広告、記事を見て(新聞、雑誌名　　　　)

上の質問に関連して、ご購入の決め手となったのは?

1.タイトル　2.著者　3.内容　4.カバーデザイン　5.帯

その他ご自由にお書きください。

(　　　　)

本書についてのご意見、ご感想をお聞かせください。

①内容について

②カバー、タイトル、帯について

弊社Webサイトからもご意見、ご感想をお寄せいただけます。

ご協力ありがとうございました。

※お寄せいただいたご意見、ご感想は新聞広告等で匿名にて使わせていただくことがあります。
※お客様の個人情報は、小社からの連絡のみに使用します。社外に提供することは一切ありません。

■書籍のご注文は、お近くの書店または、ブックサービス(0120-29-9625)、セブンネットショッピング(http://7net.omni7.jp/)にお申し込み下さい。

煙草をふかすことぐらいだったのだ。そんな定時制の生徒にとって心の中で欲していることは何も特別なことではなく、同世代の大半の生徒が普段楽しんでいることを自らも楽しみたいということである。それはスポーツや芸術などの部活動であり、修学旅行や文化祭などの行事であり、クラスの仲間との他愛ない会話である。その後職員集団も結束を図り、四年生が主導して文化祭の企画として灯友の炉を作ったという。そしてその場所の設定は重要だったとパクさんは強調した。

「定時制の生徒は普段世間からも全日制の生徒からさえも白い目で見られている、と少なくとも彼らは感じている。だから些細なことでも差別には敏感に反応しトラブルを起こしやすい。彼らに必要なのは自尊感情を育むこと。彼らの象徴『灯友の炉』が人目のつかない暗い片隅にあっても意味がない。俺たちだってこの学校の生徒だと自己主張できる場所でなくてはダメだ。それが中庭だった」

パクさんの夜間授業の時刻が近づいた。礼を述べて退室した美保と平田洋子は連れ立って自分のホームルームの教室に寄った。ちょうど校用技師の望月が見回り戸締りをしているところだった。

「お疲れ様です」と二人で挨拶すると、望月は、「ちょっと、これ何だかわかる?」と天井を指した。天井にはもともとの羽目板の模様の他に大小無数の不規則な穴が開いていた。穴の周囲の生地がちぎれている所もあった。

「去年までここを使っていた生徒が傘の先で突いたものだよ。今年は穴がほとんど増えていない。ごみ箱も壊されてない、助かるよ」

望月によれば、何かしらトラブルがあって腹を立てた生徒は持って行き場のない怒りを天井にぶつけるのだという。見る人の少ない天井は気づかれにくいのだ。それでも発散できなければプラスチックのごみ箱に向かう。これ見よがしに粉々に破壊されたごみ箱は心の叫び、サインだという。昨年壊されたごみ箱はいくつかわからないというが、もっと学校が荒れてくると人前であろうがなかろうが窓ガラスを割ってしまうのだという。昨年度の被害額を聞いて二人は飛び上がった。

もちろん器物損壊で生徒は指導され、もしくはそのまま方向転換となったはず。「何に対しての怒り……」と言いかけて美保は言葉を飲み込んだ。望月はそういうことは何も言わずに隣の部屋の見回りに移っていった。

生徒は学校の中で自分たちの評価にかかわらない人物、たとえば養護教諭や事務職員などには心を許して人生相談を持ち掛けることがあるという。もちろん人柄によりけりだが、望月の常駐する校用技師室が昼休みには男女問わず生徒たちで大賑わいなのを美保は知っていた。望月は生徒の愚痴話を聞きながら校内の指導の実態と生徒の動向を手に取るように見てきたのかもしれない。

「望月さんはきっと私たちを暗に励ましてくれているのだ」と美保は平田洋子に説明した。

「有名な歌に『支配からの卒業』っていうフレーズがあるでしょ。関係ある？」

「少し違うと思うの。支配とか管理強制とか似ている言葉だけど、何かそれ以前の問題のような気がする」

「人間の尊厳みたいなこと、リスペクトとか？」

「それぞれ、そういう言葉。何というかな、俺たちをもっと人間扱いしてくれよ、って感じかな。勉強で間違えて、お前馬鹿だなって言われるのとは違うのね。人間じゃないから勉強なんかやっても無駄だよって言われている感じ。私がここへ来てからずっと感じている一番不愉快な点はあの面従腹背的な態度。他の学校で今まで見たことないよ。あんなあからさまな態度を子どもがとれるって、よっぽど大人にいじめられてきたって証拠だと思うのね。教師をまったく信頼してないぜって示しているのだけど、逆にそれをあからさまに見せつけることで誰か救ってというサインでもあるのかなって、最近思うのね。だって望月さんと話しているときは満面の笑みだからね」

「ここの教員って、単位の認定とか方向転換とか、それらをちらつかせて自らの正義に従わせる。服装でも頭髪でもとことん追い詰めるからね。凄く傷つけていじけさせて最後は自暴自棄にさせる、それで何十人もの生徒が学校を去っていく。これ完全にいじめじゃない？」

平田は自らの問いに自ら答えた。

「いじめよ！　服従か立ち去るか、これは独裁国家の管理統制支配じゃ！」

「出た！　社会科教師、否、社会派教師、平田洋子！」

中庭改造のアイデア

「どんな学校だって問題行動の多い生徒の一人や二人は存在する。それは貧困やヤングケアラーなどの社会問題だったり、両親や家族の不仲など家庭問題だったり学校以外のことに起因しているかもしれない。だけどそれだけで学校が荒れるのではない。教師がそういう生徒の奥底にある学びの心を信じられず教育に値しない存在と見て、極力排除する方向に向かうときに起きる。教師の無理解と排除の姿勢が学校全体を荒れたものにする、これが我々の結論です」

パクさんはまじめな顔で言い切った。

「ところでこの中庭どう思う?」

「いい庭だと思います。ハナミズキの花もきれいだったし、広さも適度だし、もうちょっと桧の木だか杉だかを整理すれば公園みたいになるんじゃないかしら」

「美保さんならそう言ってくれると思ったよ。予想通り!」

何だか急に馴れ馴れしくなるな、この先生。そう思ったが、パクさんの話が続いた。

「あの針葉樹はだいぶ以前、校舎改築のとき邪魔になるものをあちこちから集めて仮植えしたものだそうなんだ。密植しといたのがそのままになったらしい。だから適当なところに移植するなり間伐してあげれば木にとってもいい。それから生徒が上履きで通れるように通路を作ったらどうかな?」

「それ、いいアイデアですね」

「でしょ。そして噴水や泉水やあずまややも作って生徒の憩いの場にしたらどう?」

パクさんによれば、ここに歩道を通して、上履きで校舎間の行き来を可能にし、四季を感じさせる落葉広葉樹を植え、ベンチでくつろげるようなものができないかと考えて、賛同する同僚や定時制生徒会と協力して木製の古電柱をもらってきて花壇を作ったりしていたのだが、あまりに人手が少な過ぎたということだ。

「どうだろう、全日制と定時制の両生徒会の合同企画としたら? 全日制の文化祭テーマはまだ決まってないって聞いたけど」

「ウ〜ム、面白いと思いますが、生徒会の役員会や文化祭実行委員会に諮ってみないことには何とも言えません」

「もちろんです、そこはお任せします。でもあなたはどう思いますか？」

そうきたか。美保は一本取られたと思いながらも、この空間におしゃれな通路ができ、噴水の水に小鳥が集まり、ちゃんと腰掛けられる瀟洒《しょうしゃ》なベンチで生徒が語り合う姿が目に浮かんできた。

「面白いと思います。こんど生徒会役員、文化祭実行委員全員集めますので、よかったら今の企画をパクさんから直接話してもらえませんか」

「もちろん、そのときはこちらの生徒会役員も一緒にお邪魔します」

全日制の教室に三年生主体の生徒会役員が全員集まった。三役会議で美保がおおよその経過を説明すると、生徒会主顧問の秋山も生徒会長ほか本部役員も俄然興味を持ち、パクさんに詳細を聞くことになった。

梅雨の晴れ間、開け放した教室にはさわやかな風が入ってきた。パクさんは二人の定時制生徒を連れてきた。パクさんに続いてつなぎのナッパ服姿の生徒会長、茶髪が目立つ副会長が部屋に入ってくると、どよめきとも言えぬ重々しい空気が漂った。説明はすべてパクさんが行った。

「定時制の諸君はいつもですと、この時間はまだ職場なのですが、今日は無理して早く来てもらいました。さっき学校に着いたばかりで準備ができてないので、私が説明します」

パクさんはちょっと咳払いしてから、一枚の紙きれを広げた。

「口だけではイメージがわかないと思いますけど、これ、趣味で漫画を描いている美術の降旗先生に頼んで描いてもらった一コマ。私の理想を話したら、こんな絵になりました」

パクさんが頭上に掲げたA４くらいのペン画は、白樺のような庭木の中をカーブする歩道が走り、その中央辺りにレンガのテラスがある。そのテラスにバレーボールで遊ぶ二人の姿とその脇のベンチに腰掛けおしゃべりに興じる二人の生徒。のどかな中庭の昼休み、とでもタイトルをつけたくなるようなカットだった。

「これは一つの例ですが、全校生徒にアイデアを募集し、全校生徒に投票してもらってもいい。技術的なことは後で考えればいいし、何とかなるでしょう。言いたいことは毎年作っている張りぼてとかは文化祭後に壊してしまうけど、中庭は一度作ったらずっと残ることです。あそこに見える定時制で作った灯友の炉も、もう五年も使われ続けています」

パクさんと定時制生徒が退室した後、全日制生徒会役員で再度検討時間が設けられた。役員会の生徒たちの気持ちはもう固まっていた。「作ったものがその後もずっと残る！」という一言は生徒の心に深く刺さったのだ。

炎天下の中庭造り

中庭の改造を文化祭の全校企画として決議してからの全日制生徒会の動きは早かった。主顧問の秋山は美保や定時制の朴山と相談しながら計画案を職員会に提出し、生徒たちも臨時の生徒総会を開き計画を周知させた。基本となる図案は全校生徒から募集したが、締め切りまでの時間が短かったせいか数件しか応募はなかった。しかし何度も話し合いを持った生徒会役員の中にはすでに共通のイメージが出来上がっていた。それを絵の上手い役員生徒が描き、そのデザインが了承された。三つの出入り口を結ぶY字型の歩道とベンチを置く広場があるデザインとなった。

デザインは決まったものの、いざ具体的な作業となると何をどう始めてよいのか、さっぱりわからなかった。各クラスに作業を下ろすにもその手順さえ見当もつかず、顧問の先生方にも経験者はいなかった。作業を主導する全校企画係の係長となった三年生は自らいろいろな業者を訪ねて回り、価格、耐久性、美しさの観点から「インターロッキング」を見つけ出した。そして使用するレンガ大のインターロッキングと必要数量を調べてきた。

安価とはいえ縁石まで購入するとかなり莫大な費用がかかることもわかった。

そんなとき助っ人が現れた。普段から社会のいろいろな作業現場で肉体労働をしている定時制生徒たちだった。ナッパ服や作業衣を着た定時制の生徒が教師役となって全日制の生徒会役員に実際の作業のアドバイスをしてくれた。

土を削って均《なら》してインターロッキングを並べるだけでは、人が歩く度に横にずれてしまうので通路の両脇にストッパーの縁石を敷かなければならない。予算がないのなら定時制の校舎の脇に積んである木製の古電柱を縁石代わりに利用することも提案してくれた。おそらくこの案はパクさんの提案だろうと美保は薄々感じた。

最終的に皆で話し合って決めた手順は、まずデザインに従って生徒会役員と全校企画の係で幅二メートル、深さ二十センチの通路の溝を掘る。次に両脇に縁石代わりの古電柱を設置し、砂を敷き詰めて転圧機で押し固める。ここまで係役員で終えた後、できた箇所からインターロッキングを並べていくクラスごとの作業が始まる。つまり生徒会役員のお膳立てが済まない限り全校の作業には進めないのだ。

こうして生徒会役員の実際の作業が始まったときにはもう夏休みが間近に迫っていた。

三年男子役員は頭に手拭を被り上半身裸で慣れないスコップと鋤簾《じょれん》を扱いながら土地を掘り返し、女子は掘り出した土を一輪車で運び出すという人海戦術。炎天下、汗だくの毎日が続いた。それを見た一、二年生の生徒も放課後には皆参加するようになった。そしていつしか入道雲が湧き蝉も鳴き出し夏休みとなった。

文化祭は夏休み終了直後の八月の下旬である。時間との勝負になった。ブロックの数も古電柱も圧倒的に足りないことがわかった。古電柱は定時制のパクさんの知り合いの家にまだ山ほど積まれているらしいが運ぶ手段がない。生徒会顧問が窮状を訴えると思わぬ助け舟が出た。生徒指導主任の山際健三が体育の若い先生方に声をかけて軽トラや自家用車を出してくれるという。体育の先生方は各運動部の練習で夏休みでも毎日登校していたのだ。三年男子役員や運動部員を自分たちの車に分乗させ、軽トラを何回か往復させて、必要分を運び終えたのはもう日が沈む頃だった。軽トラに載せられる長さになるように現地で切りそろえなくてはならなかったから時間がかかったのだ。美保は大量の冷えた麦茶を用意し迎えた。真っ黒に日焼けした生徒も先生方も飲むそばから汗をかき、何杯もお代わりをした。みんなの笑顔に玉の汗が輝いていた。

文化祭前日、最後のインターロッキングがはめ込まれた。全日制、定時制合同の全校生徒、そして職員が最低一つは手にしたインターロッキング。学校長もこの日作業に参加した。

翌日の文化祭初日、中庭完成のセレモニー、開通式を行った。晩夏を象徴するような好天の中、生徒会役員、学校長が代表してテープカットを行い、全校生徒の温かい拍手の中で渡り初めをした。企画当初には想像もつかなかったほど、美しくインターロッキングが敷かれた歩道。生徒たちは自分の作業現場を覚えていて懐かしがりながら歩いた。憩いの広場には手作りのベンチも置かれ、明るい雰囲気を醸していた。低価格で譲ってもらったインターロッキングは、色や形が不揃いであるが、約五千枚にも及ぶそれら一つ一つを生徒一人一人が運び敷き詰めた歩道は、業者の手によるものにまったく引けを取らないものに仕上がっていた。

地元新聞でも取り上げられ、文化祭は近年になく大いに盛り上がった。そして後夜祭で、放送部の顧問と生徒で作った振り返りビデオが上映されると、生徒会役員、係の生徒たちは感極まって涙を浮かべ、上映終了後には男子生徒も周りをはばかることなく男泣きに泣いた。それを見て呆然としていた一、二年生も皆涙を浮かべ熱い拍手を送った。

新生徒会役員選挙

文化祭終了後、三年生は大学受験や就職試験に向けて頭を切り替えていったが、校内にはまだ文化祭の興奮の余韻が残っていた。その影響を一番多く受けたのは、美保たちの受け持つ二年生だった。それは新年度生徒会役員の希望調査に数字として表れた。例年の数倍の立候補希望なのである。明豊北高校では生徒会長や議長など三役を全校生徒の選挙で決め、各委員長などは生徒の希望をもとに新三役と顧問の先生方で調整して原案を作成することになっていた。美保のクラスでも生徒の半数近くが何らかの役に立候補したのである。

「いや～驚きましたね、こんなに希望するとは」と二学年主任の小原信が驚きの声を上げた。

「これ自体は近年になく生徒が積極的で喜ばしいことですが、同士討ちも多く出そうですね」

確かに同じクラス内で同一ポストを争う場面が出そうだ。

「先輩の振りを見て後輩っていうのはこうも意欲が出るものなのですね。昨年までこちらから頼んで立候補してもらったのにね」と平田洋子も感慨深そうだ。

「思い切ってくじで決めたらどうです?」大沼夏樹が混ぜ返す。

「一応昨日の顧問会議では、規定通り選挙を行い、後のフォローは学年でしっかりやるということになりました。信任投票より盛り上がるし、選挙自体も学習の一環と捉えれば学ぶことも多いと思います」と美保は昨日の会議の結論をそのまま伝えた。

それから二週間後、選挙戦の明暗は分かれた。生徒会長は四人が立候補したが、平田洋子のクラスの上條幸代が当選、これは順当だと思われた。美保のクラスの岩崎純子は最下位で落選。欠席が多く部活動もしていないので受けが悪かったようだ。心配した通り翌日から登校しなくなった。美保はすぐ家庭訪問しても気持ちの整理が済んでいないだろうと思い、「少し落ち着いてから話しましょう」と留守電に伝言だけ残した。

新三役が決まり、議長には宮田貴代子、書記に倉田初音が選出された。二人とも人前に立つような体験は昨年度までまったくなく、どちらかというと清水の舞台から飛び降りるような気持ちで立候補したのであった。全校企画で盛り上がった注目の文化祭実行委員長は藤松亮太が選出された。その他の委員会の正副委員長も順当に決まっていったが、一つだけ立候補者のいない委員会があった。あの応援委員会である。生徒会顧問会議でも二学年の担任会議でもこのまま自然消滅で良いのではないかという雰囲気が支配的になった。ところが応援委員会の顧問からウルトラCの奇策が提案された。

「従来、応援というのは頑張っている人を傍で声援することでしょ。校歌を歌うだけが応援じゃないし、ましてや後輩をいじめるのが目的じゃない。ですから広い目で見て、校内外で困っている人や何か新しいことをやろうとするときの支援、お助け隊という風に内容を変えていったらどうでしょう。

この地域も年々過疎化が進み、その活性化に高校生の参加も待たれています。地元地域へのお助け隊でもいいのではないでしょうか」

話し方は控えめだが提案は結構大胆だ。しかし話を聞いているうちにどの先生方もこの線で行こうという気になった。美保も暗闇の中に希望の灯が灯るのを感じた。脳裏には岩崎や尾木の顔が浮かんでいた。

市営バス

　明豊北高校の新生徒会が発足したのは十月も半ばになっていた。ひと夏かけて整備した中庭の落葉広葉樹も少しずつ紅葉し、インターロッキングの通路と相まって本当に西欧の公園のような趣を呈してきた。日差しの強い頃は広場のベンチに腰掛ける生徒も少なかったが、最近は弁当を広げ歓談する姿もよく見かけるようになった。そして放課後には藤松や尾木が立ち上げたダンス同好会の生徒たちが窓ガラスに自分たちの姿を映しながら練習に励むようになった。

　平田洋子のクラスの生徒、新しく生徒会長になった上條幸代から通学に使う市営バスの増便を求める声が上がったのは、そんな季節の変わり目だった。最寄り駅の列車の発着に合わせて川向こうの市街地と駅を結ぶ市営バスが午前二本、午後二本走っていたが、そのバスの使い勝手が悪いというのだ。そもそも最寄り駅の列車時刻は隣の中核都市への通勤通学に合わせてあるので、明豊北高校の始業終業時刻とはかけ離れていて不便極まりない。川向こうから通う上條幸代たちは電車でいったん隣の都市へ出てそこで乗り換えて最寄り駅まで乗車するという。言い換えるとピタゴラスの三角形の二辺を毎日乗り換えて通学するという時間と金の無駄を強いられているというのだ。

美保は生徒会主顧問の秋山と相談し、生徒会として実態調査に取り組むこと、ただし細かい実際の作業は新生「応援委員会」に任せることにした。もちろん新しい応援委員会の正副委員長は岩崎純子と尾木直也である。連日生徒会長以下三役で全校アンケートの項目を話し合い、原案がまとまったところで執行部全体でも検討した。ここまで実質的に指導したのは平田洋子であった。その後、岩崎や尾木が中心となってアンケート用紙の印刷や配布、集計に当たった。生徒会役員の一員として居場所を得てきたせいか、岩崎純子と上條生徒会長とのわだかまりも薄れてきたようで、放課後の生徒会室で二人が談笑する姿を見て美保もほっと安堵のため息をついた。

そのアンケート結果では、現在該当居住地に住む生徒の中で市営バスの利用は低調で、その理由として「利用したいが利用しにくい」「運行時間と本校の始業・終業時間との差」が挙げられた。そしてその大半の生徒が「運行時間さえ合えば市営バスを利用したい」と思っていることがわかった。この結果を受けて明豊北高校生徒会として市営バスの利便性向上を明豊市に要求していくことを正式に決議したのである。

さて職員会での様子はというと、生徒会係から報告がなされたがまるで反応がなかったのである。皆茫然として目をしばたたかせている。実は教職員の中でもこうした問題に対して自分事として考えたり、行政とのやり取りを直接経験した者は一人もいなかったのである。その点では生徒とまったく同じ状況と言える。しばらく無言が続いた後、ようやくいくつかの質問が出た。

「明豊北高校としてこれから市に要求するということですね。学校長が県や市へ何か要求書みたいなものを持って行くことになるのですか？」

「学校としての要望なら、生徒会だけでなく保護者やその他にも意見を聞く必要があるのではないでしょうか？」

「ここまで生徒会が主体で頑張ってきたのだから、ここはひとつ最後まで生徒会が市へ要望する形をとった方が、インパクトが強くていいのではないか。生徒が地域で活躍する姿が目に見えて生徒にとっても自信になるのではないか」

あまり乗り気に見えなかった学校長も最後の発言に意を強くしたようだ。

「私もそう思います。これも学習の一環、生徒が行政とのかかわりを学ぶのにまたとない機会ではないでしょうか。ちょうど前ＰＴＡ会長さんが今は市議会議員なので今後の手続きを相談してみます」

定例市議会は十二月だった。地元選出の市議会議員の紹介が認められ、市議会の中で請願という形で生徒代表が要望を述べることになった。高校生が市議会で請願をすることは当県では初めてということでマスコミの注目を浴びてしまった。生徒会長の上條幸代が一人で市議会の中で要望を述べ、質問に答えなくてはならない。不安は大きかっただろうが、担任の平田や生徒会顧問、役員生徒の声援を受けて元気よく乗り込んだ。

上條は請願当日も実際に市営バスを利用して登校したエピソードを踏まえ、実際の不便さを訴えた。幾人かからの議員の質問にも一つ一つ丁寧に答えていった。結果的にはすぐ増便には結びつかないが、利便性改善に向け検討することとし賛成多数の請願採択となった。

新生徒会初の活動はこうして一応の成果を上げた。自分たちの意見要求を、手順を踏んで社会に向けていけば、社会も丁寧に向き合ってくれ、自分たちの行動で社会も変えることができるのだという実感が生徒会役員や顧問ばかりでなく、明豊北高校全体に印象付けることができた。

パクさんと望月さん

美保は市営バスの運行を巡って慌ただしく過ごした数週間の経緯を話したくて定時制の理科室に向かった。いつもパクさんが何かしら実験を準備している理科室を覗くと、白衣を着た先生方が七、八人も集まって一つの実験机を取り囲んでいた。その机の上の白いトレイには何か動物の内臓らしきものがごろりと横たわっていた。

「竹田さん、遠慮しなくていいよ。自主的、自由な研修会だから」

どうりで美保が前任校で一緒だった理科の先生も参加しているし、どこかで見たような顔もチラホラ。もちろんオニタンも交ざっていた。

「この試験管の血液は、少なめにする方がいいです。なぜかと言うと、やればわかるけど、粘着性があるので多過ぎると泡が溢れてしまうのです。まあ、その方が生徒は大喜びかもしれないけど。もう一つは血液が多いと変化するまでに酸素ボンベがすぐ減って無くなってしまうのです。これ高価ですからね」

そう言ってパクさんは試験管中の血液に酸素を注入した。

「泡のところの色の変化に注目してください」

「おおっ」とどよめきが上がった。

美保はまた出直すことにし、そうっと退室しようとした。すると後ろからパクさんの声がかかった。

「竹田さん、これからさっき解剖した豚の心臓をみんなで焼いて食べるところだけど。よかったらご一緒にどうぞ、ハツですよ、ハツ！」

「いいえ、結構です！　どうも失礼しました」

美保は振り返りもせず、一目散に退散した。渡り廊下を過ぎ自室に戻る道すがら、図書館を覗くと司書室の中から平田洋子が手招きしているのが見えた。平田と話しているのは図書館司書の土屋加代子だ。

「今ね、土屋さんから震災のお話を聞いたところ。土屋さんのご実家が被災されて、ご両親が避難所にいたら炊き出し隊が来てくれて大いに助かったって。その炊き出しに来た人、誰だかわかる？」

「え？　それ、私が知っている人？」

「もちの望月さん！」

「そうなの？　なんか凄い行動力ですね。でもどうして望月さんだってわかったの？」

「私が震災後しばらくしてから望月さんと話す機会があって、私の実家も被災しましたって話したの。そしたら望月さんがそこへ行ったことがあるって言うじゃない。さらに両親が今は仮設住宅に入っているって話したら、その晩私の自宅までお米を何十キロも持ってきてくれて、仮設住宅の皆さんに届けてくれって言うのよ。望月さんは農家で米はいくらでもあるからって言うのね。親に相談して仮設住宅の自治会長さんに代表して受け取ってもらったけど、うちの親もちょっと鼻が高かったみたいよ」と土屋がいきさつを話した。

そして話しながら机の上で冊子を紐で綴じていた手を休め、

「これ、市の広報と社会福祉協議会だよりなんだけど、震災の義援金の寄付者一覧が載っているの。皆さんがたくさん寄付してくれて有り難いなって思う。この辺には大企業がないけど小さな個人企業主さんが大勢寄付してくれている。以前はこんな寄付番付みたいなものは不要だと思っていたけど、今はできるだけ寄付してくれたお店を利用しようって気になったわ。駅近くの食堂なんかも高額寄付者、この辺で一番よ」

その食堂の名前を聞いて美保も平田洋子もびっくりした。以前パクさんから聞いた『灯友の炉』を作ったときのパンチパーマの生徒会長の実家ではないか。確か現在はその彼が後を継いでいると聞いた。

「先日、望月さんとパクさんが中庭にビニールハウスを作っていたじゃない、応援委員の生徒たちと一緒に。卒業式に各クラスの教卓に飾る花をビニールハウスで育てるんだって。あの二人、望月さんとパクさん、ちょっと似ていない？　どちらもずんぐりむっくりで」

「そうそう、似ている、似ている！　あっはっはっは」

平田の話に三人は大笑いとなった。それまで図書館で静かに自習していた受験生が一斉に司書室を睨んだようだが、三人はまったく気づかなかった。

学級日誌

どんな高校でも進路保証、つまり生徒が希望した進路に進めるよう学力を十分保証することは難しいが、特に基礎学力に難がある高校では尚更である。不登校や家庭問題、さらにヤングケアラーなど義務教育での学習を阻害する要因はいくらでもあるが、過去に責めを負わせても何の解決にもならない。ところで学校という組織の中で諸問題への対応や企画を検討する適度な単位は、一つの学年を運営する学年会である。もう少し主体を明確にすれば、一つの学年を担当する担任団ということになる。その担任団での雑談。

「読み書きそろばんというけれど、もう少し読み書きだけでも何とかなりませんかね」と大沼夏樹が嘆いた。

「そうだよね、数学は大学入試に必須でない大学を選ぶこともできるけど、読み書きだけはそういうわけにもいかんからね」と学年主任の小原信も頷いた。

「私、何か受験関係の本で読んだのですが、小論文対策として常に『私は○○と考える、なぜならば○○だからだ』という書き方で書かせたら、段々書き方が身について、書き慣れてくると字も言葉も覚えてきた、というのがありました。うろ覚えですが」と平田洋子が応じた。

「それそれ、私も読んだことがある。それで思いつきなのだけど、皆さん、学級日誌はどんなふうに書かれていますか？」

「〃〃（昨日と同じ）の連続ですね」と大沼が自嘲気味に答えた。

「そうでしょう、うちのクラスも同じです。それで短文でいいので、学級日誌の記述欄をさっきの様式で書かせることにしませんか。無理にじゃなく、なるべく、でいいので」

「面白いですね。ダメもとでやってみたいです」美保も賛成した。

それ以降、二学年の学級日誌は全クラスとも書き方の様式だけ制約して内容自由で、日直当番が日替わりで綴るリレー形式で始めた。数ヶ月して美保のクラスではとんでもない展開に発展していった。現代の高校生は紙媒体には疎くとも、SNSを通じて字数など制約のある中で短文を書くことに慣れているのだ。だから「何でもどうぞ」と言われるより、記述様式に制限を加えられたことで、逆に自由を得たと言ってよい。そして日誌を一週間分まとめてクラス通信に載せたのは、美保の功績と言ってよい。日誌をめくりながら五日分をワードで打ち込んでいく作業は、確かに面倒で時間のかかることであったが、心ときめく時間でもあった。こうして日誌内容を全員に共有してもらったところ、共通テーマで意見を記述するようになったのだ。たとえば「生きる意味は？」などのテーマでは、各自の考えや意見、テーマ自体への疑問などが出され、結局三ヶ月にわたって一巡するまで続いたのだ。確かに美保が「学級日誌でツイッター」などとけしかけたことも一因だが、強制されたわけでもなく各自が思いのたけを思いっきり書いた結果だった。美保たち教員の予期せぬ予想外の展開であった。

美保にとって、毎日の学級日誌の点検がただ印を押す形骸化した時間ではなく、ドキドキハラハラの心ときめく瞬間に変わり、週に一回のクラス通信が届いている家庭では、保護者も楽しみに待っていたことが後でわかった。それは年二回の保護者懇談会の席でのことだったが、親子関係の向上に多少なりとも貢献したことだろう。何よりクラスの仲間、級友同士の距離がグーンと近づいたのだった。

明豊北高校二年二組学級通信28号より

級友の反応に感謝！

改めて周囲の支えの大切さ実感〈最終回〉

〔二〇XX年一月二十五日　当番：藤松亮太〕

一回り!!　まさか、こんなにも、みんなに生きる意味を考え、書いてもらえるとは思わなかったです。本当に、クラスの人数分の考え方があり、読めば読むほど非常に感慨深いものがありました。

佐多の記述には、七十二億人それぞれ七十二億通りの考え方があるのだと書いてありましたが、その通りだと思った。このように考え方は人それぞれだけど、他人の意見に影響されることもある。そんな他人の意見が人生を変えてしまうこともある。自分の考えだけでは人生の試練を乗り越えていけないこともある。凹凸の無い断崖絶壁をなにクソ！っと登ろうとしてもできない。上からロープをつるし支えてくれる誰かの存在が必要不可欠なのだ。人は人に支えられている。みんなの意見も今後自分が生きていく上で手助けしてくれるはずだ。学級日誌でTwitterを！　すばらしい。

僕にとって「生きる」とはヒマと対極

さて僕は先の小論文で、人生はヒマつぶしくらいが丁度いい！　と強く主張しました。この発言はみんなの前頭葉を非常に刺激したことだろう。ヒマつぶし？　何をほざくか！　という人もいたと思う。しかし僕はこの考えを曲げない。僕の中での〝ヒマ〟の定義は何もせず空虚で物足りない、極言すれば〝生きた心地がしない〟ということだ。それはすなわち生きる意味を持たないことになる。僕は生きる意味とヒマとは全く対極の位置関係にあるのだと考えた。ただ佐多の〝ヒマ自体が生きる意味〟という極致に至った人もいるかもしれないというのは、考えてもみなかったので、おぉ、なるほどと感じた。そんな逸材もどこかにいるかもしれぬが、まあそれは例外として考えてもらえれば幸いだ。この定義付けによって一つ決められてくることは、〝ヒマつぶし〟とは、生きること。もっと言えば、笑うこと泣くこと、寝ること、踊ること、パートナーといること、だれかと話すこと、目標を決めること、必要とされること、愛すること、後悔すること、だれかの意見に反対すること、勉強すること、子孫を残すこと。まだまだたくさん。快楽や苦痛両方あるが、これら全てが〝ヒマつぶし〟＝〝生きる〟ことになるのだ。そして僕はこれらの行動は全て本能的なものなのではないかと考える。本能と言われると、食べることや寝ること、子孫を残すこととほぼ一義的に決められている。しかし目標を立てる、勉強をすること、そのようなこともその時自ら脳で決めたことである。自分で決めたこと、すなわちそれは自身の心の中にもともとある欲求なのではないか。

心の命ずるままに生きるとは、ネズミのようにゴキブリを食い、水を飲み、子作りをして生きることとは別である。僕たち人間は、それらを自分自身で決めて、あらゆる行動をするのである。そう、僕の言いたい〝ヒマつぶし〟とは、まとめてみると、みんなが今行っている全ての行動のことである。

しかしそれをなぜわざわざ〝ヒマつぶし〟と言ったか。問題の焦点はそこにある。僕は前回の小論文を書いたとき、決めていた進路を止め、何を目指そうか悩んでいた。そんな時ふと、生きるって何だろう、なんで、偶然地球ができ、なぜ地球という星は生きる意味を考える僕たちを創ったのだろうかと。そんな問題どうあがいても解決できない。

しかしその時〝ヒマつぶし〟というワードが頭をよぎり、なんとなくその瞬間から、悩みは尽きないものの、少し気持ちが楽になった。人生というものを堅苦しいものと思わないで、楽に考えられるようになった気がした。空虚なことから解放され、自身が生きるために、他人と共に生きるために何かをすること、それだけで人は生きる意味を既に満たしているのではないか。僕はそう感じたのだ。

がむしゃらにでも、何でも良い。ただ〝生〟というものを感じ、自己の〝生〟に満足し、周りの人々に自分の〝生〟を認めてもらい、〝死〟がやがて訪れるとき、「良かった」と言って死ねれば、それが生きる意味なのだ。生きる意味は考えないという人もいるだろう。それを否定はしない。しかし、何か奇跡で授かった命には必ず生きる意味はあるはずだ。そして生きる意味を少しでも考えることや他人の記述を読むことで、〝生〟について以前より関心は高まったのではないか。たまには〝生〟ということと真っ向から向き合って考えてみるのも人生を豊かにする。さらに他人の記述で自分だけでは考えられない新たな発見もあったことだろう。最初に戻るが、改めて周りの人々の支えの大切さを実感した。自分を大切にし、周りの人も大切にし、全員で〝生〟を全うしたい。

担任より

三ヶ月に亘って、この藤松君の小論文「生きる意味」「人生ヒマつぶし論」について感想などを綴ってもらいました。こんな体験は私も初めてです。長く生きていても「初めて」ということがあり、しかもわくわくすることでした。上村さんのご指摘の通り、世間で言うtwitterとは少し意味が違うのでしょうが、相手を説得させるための「議論」にはしたくなかったので、このような提案にしました。二組の皆の文章は国語的には満点ではないのですが、凄く深く、しかも多角的な視点があって、いつも感動しました。いつか冊子にまとめたいと思っています。ご了承ください。

美保は偶然にもその頃開かれた小学校時代の同級会で久々にお会いした恩師、小森先生から読書推進運動を始めた経緯を初めて聞くことができた。美保もクラス通信や学年の取り組みをかいつまんで話したが、他の話題が多くて十分伝えられなかった。そこで同級会出席のお礼かたがた明豊北高校での取り組みと成果を小森先生に報告した。

先生、その後お変わりございませんか。先日の同級会には遠方にもかかわらず駆けつけていただき本当にありがとうございました。皆、仕事や子育てで忙しく人数は多くありませんでしたが、童心に帰って楽しいひと時を過ごすことができました。

その席で先生から無着成恭「やまびこ学校」のお話が出され、「ああ、やっぱり！」と得心した次第です。先生の始められた「母と子の二十分間読書」は「やまびこ学校」の刺激も受けたとのこと、戦後の先生方の熱い思いを聞かせていただき嬉しくなりました。私もその恩恵を受けた一人として次世代の若者へ〝恩送り〟をしたいと考えております。

今現在勤めている高校では生徒は授業以外で読み書きすることはほとんどありません。学校の図書館で本を借りたことがそれまでの人生で一回もないという生徒に出会ったときは心底驚きました。そんな普段ほとんど読み書きをしない生徒に大学受験だとか小論文対策だとかは別次元の話です。そうは言っても社会に出る前に読み書きの楽しさを少しでも味わって欲しい、と悩む日々でした。そんな状況下四人の担任団で考え出したのが形骸化していた学級日誌の利用でした。書き方の様式だけ制約して内容自由で日直が日替わりで綴るリレー形式で始めたところ、思わぬ方向に発展しました。現代の若者は紙媒体には疎くともスマホや携帯電話を利用して電子メールやツイッターを書くことには慣れているのですね。更にその日誌をクラス通信に載せ全員に共有してもらったところ、一つのテーマを皆で考えるようなことも起き、生徒同士お互いの距離がグーンと近づきました。

生徒たちはクラス通信のタイトルを自分たちで決め、生徒自身でロゴマークまで考案しクラスのオリジナルTシャツまで作ってしまいました。「生きる意味は……」などと大上段に構えた言い出しっぺの生徒は、その頃家庭内の問題で居場所のない状態でした。特別な困難校でなくともクラスの三分の一は片親世帯というのが現状です。内面を語ることの苦手な十七歳の高校生が三か月以上もかけて一つテーマで日々感想を綴ってくれたのには驚きました。生徒は互いの家庭事情を知らなくても共感し刺激しあえるのですね。自分だけでなく同じ学年の先生方や通信の届いた親御さんにとっても、週一回の通信がリアルタイムで奇跡を見るようなドキドキ感を与えることになったようです。文章は拙くとも率直な表現が「やまびこ学校」の中学生たちと似ているなあと思いました……。

来年度の全校企画

「いいね、これは美味いよ」とアリさんが褒めてくれた。

「確かに、美味い。でもこれ、ワインのつまみだな」と反応したマッチョ数学はワイン好きらしい。

「小エビとかお金かかっているでしょ。もとの牛乳より高くつくのではない？」とダンディ英語が心配してくれた。

「マッシュルームがちょっと高め。でも何も入れなくても結構食べられると思うのですが」

美保はタッパーに詰めた白いかたまりをいくつかの小皿に小分けして他の先生方にも差し出した。

小規模な定時制高校では毎日給食を出す余裕がないので、補食という形で牛乳とパンだけの支給がなされている。しかし生徒たちはビン詰めの牛乳が苦手らしく、まったく手を付けない者もいる。当然日々余ってしまう牛乳の処理で教員たちも頭を抱えていた。そこで美保は常温ヨーグルトを作ることを提案した。種菌さえあればあまり手をかけずに作れるし、あとは冷蔵庫で冷やし好きなときに食べてもらえばいいと思ったのだ。だがこれはまったく不評だった。生徒は酸味を嫌って、砂糖やハチミツの消費だけが増えてしまったのだ。

そこで第二の提案として余った牛乳でカッテージチーズを作ったのだが、とりあえず教員の評価では合格した。もちろん美保としてもただのボランティアではなく、彼女が受け持つ家庭科クラブの実習として作らせたのだった。何しろ大量の牛乳が手に入るのだからもったいないと思ったし、家庭科クラブの生徒たちは結構喜んで食べたので勝算はあったのだが、やはり実際に試してもらうまでは不安だった。

「定時制の生徒たちは栄養が偏っているからな。コンビニのカップ麺しか食べていない」と年配のアリさんが心配している。

「コンビニに百パーセント依存ですよ。そしてコンビニも高校生のアルバイトに完全依存だね」とダンディ英語が答える。

「仕方ないな、もう少し暖かくなったら焼き肉でもやってやるか」とマッチョ数学も反応した。活力のある定時制の先生方も、さすがに雪の積もった中庭でのバーベキューはご免らしい。

しかし冬の中庭はそれなりに美しかった。落葉広葉樹の葉はすべて落ち尽くし、裸木がすっきりした枝ぶりを見せていた。雪が降ると通路を通る者はいなかったが、ある日、突然除雪隊が出現した。応援委員会の生徒たち、岩崎や尾木たちとそれをさらに手伝う佐多たち十人ほどだった。望月から借りた赤いプラスチックの雪かきで始業前には片づけてしまった。お陰で午前中には乾いてサンダルでも通れるようになった。そして放課後にはダンス同好会がインターロッキングの広場でいつものように踊れるようになっていた。

二学年主任の小原信から次年度の生徒会全校企画について相談を受けたのはそんな冬の日だった。美保は生徒会長の上條幸代や文化祭実行委員長の藤松亮太らに呼びかけて、生徒会室で話を聞いた。小原は小型のビデオカメラを手にしながら説明した。

「僕はですね、昨年の全校企画というのにだいぶ感動しました」

普段やや厳めしく思えた学年主任の先生がおどけた言い方をしたので、生徒たちもほっとした顔つきに変わった。

「それでおそらく生徒会でも来年度のことでいろいろプランが出てくると思うので、早めに私の企画をお話ししてしまおうと思いまして。実は私は映画を作るのが大好きなのです。昨年の文化祭の最後の思い出ビデオも放送委員と私で作りました。みんなあんなに感動してくれて、こちらの方が感極まったくらいです。それで来年度は我々の学年が中心になって、他の学年や先生方、定時制の皆さんも含めて必ず一回は画面に出るような映画を作りたいなと思っているのです」

あまりに唐突で生徒たちは茫然と口を開けたまま聞いている。

「もちろん役者は皆さん。でも映画って役者だけではなく、衣装を作ったり、小道具を作ったり、照明を担当したり、一番はカメラで撮る係ですが、いろいろ協力しなければできない総合芸術なのです。そして中庭もそうですが、作ったものが後に残るのです」

「映画作りって、隣の高校でも文化祭でやっていたけど確かに面白そうだった。庭造りって男子は燃えていたけど女子はちょっと引いていたところもあったからね。私、本当はそういう映画作りみたいなものをやりたいなって、思っていたの」と生徒会長の上條が思いを話した。

「先生は何か脚本とかストーリーとかがあるのですか？」藤松が聞いた。

「いや、みんなの意向を聞いて脚本を書こうと思っている。まあ正直に言うと、こんなストーリーというのはあるけど」

「どんなお話ですか？」

「ここでしゃべっちゃうと後に引けないからなあ。でもいいや。たとえばだけど、藤松君たちのダンスあり、吹奏楽部の音楽ありのちょっとした学園もの。でもミュージカルとかではなく青春ドラマですね。ミヒャエル・エンデの『モモ』って知っているかな。あのお話の中の時間泥棒をもじって、みんなの青春を奪っちゃう青春泥棒というのを創作して、主役がそれと戦って明豊北高校に青春を取り戻すっていう感じ。あ〜あ、しゃべっちゃったよ」

小原は自分で言って自分で笑ったが、つられて笑ったのは美保だけだった。

生徒会では執行部で何度か話し合いを持ったが、来年度の実施ということもありすぐには決定できなかった。全校企画をやるということだけはとりあえず決め、内容は新一年生が入ってきてから提案する。ただし、後輩たちにも企画の趣旨がわかってもらえるように、四月の新入生歓迎会に間に合うようにプロモーションビデオを生徒会本部役員が中心となって作ることになった。

卒業式が終わると冬の寒さも急に和らいだ気がする。河川の流れはまだ玲瓏《れいろう》で手が切れるほど冷たかったが、土手の草はいくらか萌え始め春の兆しを感じた。美保は小原信に言われたように生徒を三人乗せて自家用車を堤防道路の方に回した。すると土手の斜面に伏せていた五人のお面をつけた剣士が躍り出てきた。どうやら悪党の一味で、面を被っているのは生徒会幹部らしい。美保の車までやって来ると、乗っていた三人の生徒、岩崎、倉田、長谷川を誘拐していく設定だ。堤防道路の路面すれすれに置いたカメラで小原信の指導の下、宮田貴代子がファインダーを覗いている。

(何だか来年度は愉快になりそう。そうなればいいな)

美保はいつもとは逆に河岸の方から校舎の方を見返した。柳の芽がいくらか動き出しかすかに青めいて煙るようだ。公園のような景色の中に立つ瀟洒な校舎。美保は目頭が少し熱くなった。

別れの季節

暗い渡り廊下を辿って定時制の授業が行われる校舎に向かうと、職員室を含めて五つの教室に灯りが灯っているのが見えた。昨春の四月に赴任して以来何度この廊下を通ったことだろう、と美保は思い返した。全日制の教育や先生方に絶望して藁をもつかむ気持ちで歩いた日、今日はどんなお話が聞けるかとワクワクしながら足を速めた日、中庭改造計画を提案されてから文化祭までの疾風怒濤の日々、平田洋子と教育論議や他愛もないおしゃべりをしながら辿った日など、この一年間が走馬灯のように思い出された。

定時制の三学期終業式と転退職される先生の離任式は職員室のすぐ隣の四年生の教室で行われていた。ちょうど学校長が定年退職するパクさんの紹介をしているところだった。続いてパクさんが教壇に立った。一年生から三年生までの在校生は何だか虚ろに前を見ている。

「皆さん、こんばんは、じゃなくて『こんちは』だよね」といつもの笑顔で挨拶。するといきなりブレザーのポケットから何やら取り出した。

「皆さんとは四年生でやる授業ができなくなりました。そこで三分間だけ最後の授業をやりたいのですが、やってもいいですか。いい人は、はい、イイとも！」

「いいとも！」幾人かの生徒が唱和した。生徒たちの顔が若干和らいだ。

「ありがとう。ここにストローがあります。ここにマッチを一本入れて、吹矢として飛ばします。口元の方に入れたときと先端に入れたときとどっちが飛ぶでしょう。同じくらいでしょうか？」

三つの選択肢を設けて挙手を求めた。

「はーい、口元が三人、先端が十一人、どちらも同じが十六人ですね。昔野鳥の会にいたので数えるのが速いんだよね」クスクスと笑っている生徒も多い。

「ではやってみます」と言ってストローを吹いた。結果が出ると生徒たちからは「わ〜」と歓声が上がった。黒ぶち眼鏡のアリさん、マッチョ数学、ダンディ英語など周囲の先生方もニコニコしている。窓の外は真っ暗、窓ガラスに蛍光灯の灯りが反射している。そこに生徒と教師も仄かに映っている。

（これが夜間定時制のいつもの授業なのだ）と美保は感慨にふけった。

パクさんは次に二本のストローをセロテープでつなぎ、一本のときと比べどちらが飛ぶかを問うた。そして先ほどと同じようにやって見せた。

「私が故意にやった結果かもしれないので、後でぜひ自分で試してみてください。そしてこの原理は来年度授業で学んでください。今日覚えておいてほしいことは長くずっと吹き続けているとどんどん速くなって遠くまで飛ぶようになるってことですね。ニューギニアの吹矢は数メートルもあって、それで狩りができるそうです。最後の授業はここまで。町のどこかで見かけたら気楽に声をかけてくださいね。では、さようなら、また会いましょう」

満場の拍手とすすり泣きが聞こえた。生徒会から花束をもらったパクさんも涙ぐんでいる。解散後、在校生たちが教室を出ると入れ替わりに廊下で待っていた卒業生が入ってきた。先日卒業したばかりの者もいれば、美保の知らない古い卒業生も交じっているようだ。

「母ちゃんが今日はもらってくれなきゃダメだって言うんだ」と卒業生の一人が酒の一升瓶を手渡している。花束や手紙を手渡している者もいる。

「パクさん、本当にお世話になりました。先日、中庭改造のことを全国研究会で発表してきました。そのときのお土産です」
美保は土産と昨日書いたメッセージをパクさんに手渡した。

明豊北高校に赴任以来、先生にはいろいろな面でお世話になりました。ありがとうございました。特に、先生の企画力、行動力のお陰で、本高校初の全校企画が中庭改造計画となり、今年は全校企画が生徒会活動の象徴ともいうべきものになり、中庭は定時制、全日制を問わず、生徒たちの思い出の場所となりました。また先生の生徒に対する温かく思いやりのある姿に沢山のことを教えていただきました。『定時制の良心』と言われるのは、先生方、生徒の信頼があってこそだと思います。これからもお元気で益々ご活躍されることをお祈り申し上げます。

竹田美保

新しい出発

新年度が始まった。学校は再び一年で一番多忙なときを迎えた。美保はクラス担任を持ち上がり、三年二組の担任となった。

オニタンこと大西から早々と新任地着任の挨拶状が届いた。講師として五年、ついに採用試験を勝ち取り、新任教諭として県南部の高校へ赴任したのである。

おかげさまで、昨年教員採用試験にようやく合格することができ、この度県立伊田南高校に着任いたしました。これまで多くの先生方より様々なことを学ばせていただき、教師として資質を高め、ようやく今に至ることができました。本当にありがとうございました。

数年前までは、採用試験は底無しの沼のように思え、手を伸ばしても、どこに手を伸ばせばいいか分からない、また、つかむものが何もないような状態が続きました。

私が昨年度講師として勤めた明豊北高校からは一つのヒントを得ることができました。

それは、生徒の状況に応じて「常に新しいことにチャレンジすること」でした。すべては生徒の笑顔をつくることが目的です。型通りの『例年通り』で、生徒のマイナス面にばかり目を向ける守りの姿勢よりも、生徒の個性やプラス面に目を向け、生徒が活躍できる環境を創ってあげること、そして活力ある学校生活へとつなげていく攻めの姿勢が大切であることを私は学ばせていただきました。そうは言ってもまだまだ未熟者です。今後もご指導ご鞭撻の程よろしくお願いします。

小原信と生徒会役員たちとのプロモーションビデオの制作は順調に進んでいるようだ。新年度の新入生歓迎会でお披露目するらしい。新一年生を受け持つ学年会では入学後の数日をオリエンテーション期間として特別なプログラムを設けた。校歌などもその期間に音楽教師の指導の下、正しい音程で練習することになった。新入生全員で体育館に集合し、グループエンカウンターなどを取り入れたゲームを行い、学校やクラスの仲間に早く慣れるための試みも加えられた。明豊北高校でもようやく入学してきた生徒を一人も取りこぼすことのない方向に舵を切ったとも言える。

だがしかし、年度末の単位認定会議では不認定者数が前年までより半減したとはいえ、まだまだ多くの生徒が学校を去ることになった。美保のクラスでも一人、担任にとって痛恨の極みとなった。

いつまでもめそめそしていられない。とにかく新三年二組は出発した。新ルーム長の長谷川瑞希からの申し出で、最初のロングホームルームは昨年同様、近くの河川敷公園でお花見をすることになった。ブルーシートの手配も現地集合の指示も生徒たちがすべてやってくれた。美保はお花見団子用に若干のポケットマネーを用意しただけだった。

お花見には新しく赴任してきた副担任の杉尾にも声をかけておいたが、着任してきたばかりで慌ただしいのだろう、顔を出してくれたのはだいぶ時間が経ってからだった。

「先生、始めるね」と長谷川が口火を切った。

「今日はお花見ですが、杉尾先生を歓迎する会でもあります。私たちが昨年合唱コンクールで歌った歌を歌います。ちょっと悲しい内容の歌でお花見に合わないかもしれませんが聞いてください」

折しも満開の桜木のもとで、生徒たちは三部合唱の編成を組んだ。指揮の藤松の合図で吹奏楽部の上村啓が持参のピアニカで最初の音をとった。ユーミンの「ひこうき雲」、美しいハーモニーが響き始めた。男子数が女子の半分なので三部構成となったが、まだ少しあどけなさを残した十七、八歳の唱和する声が公園に響いた。時々吹く春風がときに突風となり、桜吹雪が舞い上がった。青空に一筋の飛行機雲、澄んだ混声合唱が桜の花弁と共に大空に吸い込まれていくようだった。

「……あの子の命はひこうき雲……」

歌い終わると生徒たちはほっとしたのか互いに笑い合った。

杉尾は紅潮した顔をほころばせ、「あ、ありがとう」と感謝の気持ちを告げようと声を出した途端、涙があふれた。一緒に歌いながらデジカメを動画にして撮影していた美保も、それを見て涙をこぼした。

「先生、記念写真撮ろう、全員で」

尾木のかけ声で桜の木の下に再び並んだ。

「私が撮りましょう」と杉尾が美保のデジカメを受け取って構えた。

「では行くよ、一足す一は？」

「二くみ！」

そのとき突然つむじ風が吹いた。

「キャー」と悲鳴とも奇声ともつかぬ声、声、声。

ブルーシートを押さえる者、スカートの裾に手をやる者、帽子を押さえる者、砂嵐から目を被う者。一陣の突風が過ぎ去りほっと一息ついたとき、杉尾が素っ頓狂に叫んだ。

「竹田さん、これ、カメラが動画になっていますよ。凄い動画が撮影できました。砂嵐と桜吹雪の中の生徒たち」

「え、そうだった？　あっはっはっは」

再び桜の花弁が穏やかに舞う中、大きな歓声と笑い声がどこまでも響いた。

それぞれの旅立ち

美保は受け持った三年二組を卒業させた翌年度から週二日だけ夜間定時制の授業を受け持つことになった。娘たちも成長し、夫の協力もあるからできることだが、週二日とはいえ夕食を家族団らんで過ごせないのは寂しいことだ。そんな寂しさを埋めるかのように卒業生からの便りがぽつぽつと忘れた頃に届いた。

○美保先生へ
二年間お世話になりました。

一年生の頃、とても不安でずっと泣いていたことを昨日のことのように思い出すことができます。二年の上高地への遠足を休んだ時に、なんでこんな嫌な気持ちで生きなきゃいけないのだろうと思っていたところ、先生が家まで来てお土産を持ってきて下さいましたね。その時、この先生が担任なら頑張れるかもしれないと希望が持てました。感謝してもしきれません。

二年生の最後の方から生徒会役員にもなり、そこから学校に行く目的が持て、それから三年生までずっと楽しく過ごすことができました。

受験期に入ると私の心配症は増し、先生もめんどうくさかったことでしょう（笑）。ですが先生はいつも大丈夫だとおっしゃって下さいましたね。とても心強かったです。大学に受かって報告しに会いに行った時に、先生は泣いて喜んで下さいましたね。そんな先生と学校生活の中で一人でも巡り会うことは簡単ではないと思います。私は幸運です。

私が演劇の道に進みたいといった時も、馬鹿にせず、あきれず、背中を押してくれて、周りの大人に反対される中、とてもうれしかったです。最後のホームルームでもおっしゃっていましたが、縛られるのは嫌いだ、自由にしたいという先生の考えがあって、私もやりたいようにチャレンジできたのだと思います。

先生がいなかったら、途中で来られなくなって、中途半端になって大学にも行けず人生棒に振っていたかもなって思います（笑）。

とにかく先生にはお世話になりました。二年間ありがとうございました！

（二年生の時の家庭科の授業が楽しかったです！　九十八点は三年間で一番高かったです!!）

〈上高地への遠足をただ一人休んだ倉田初音〉

○美保先生へ

お久しぶりです。クラス会からしばらく過ぎましたが、お元気ですか？

皆で撮った写真を送ると言っていたのですが、こんなに遅くなってしまいすみません。いろいろ予定が重なってしまいまして……そう言えば、こないだふと卒業式の時にもらった二組のＤＶＤを見ました!!　それは二年から三年までの写真です。二年の時は子供っぽい顔をしていて年を重ねる度になまいきな顔でした。多分そうとう生意気だったと思います。けれど俺は色々な先生方に怒られ色々な友達や先輩に迷惑や心配をかけ今思えばとても恥ずかしい事だったと思います。けれどそれがあったからこそ今では少し成長できたのだと思ってます（笑）。

二年の時に美保先生と俺と藤松や岩崎、長谷川が山に登ったのを覚えていますか？

俺は今でも忘れません!! 先生が君はあの小さな山じゃなくて大きな山の様な男になりなさいと言った事を。その言葉を聞いた時から何かイヤな事があった時も不安で潰されそうになった時も山を見る様にしています。その山を見ると自然と美保先生と二組の皆が側にいる様な気がするからです。何が言いたいのか良くわかんないですけど、これで自分も学校を卒業して就活です。就職して独立まで行ったら卒業式の時に渡したチケットを持ってきて下さいね。迷惑と心配をかけ続けた二年分の疲れは絶対に取りますね!! だからそれまで元気でいてくださいね。そしていつか結婚式にも呼びますのでその時はスピーチをお願いします。

また明豊北校にも遊びに行きますのでその時までお元気で。

〈尾木ママの息子、尾木直也より〉

美保はクラスの生徒たちの日常や行事での姿をデジカメに収め、それを編集し簡単なBGMをつけDVDにして卒業時に全員にプレゼントしていた。

○先生お元気ですか？
学校は大変ですか？

私は今、特別養護老人ホームで働かせてもらってます。毎日が勉強です。最近は夜勤もやっています。自分のやりたい仕事なので楽しくやりがいを感じて、少しは辛いことも踏ん張って乗り切って頑張っています！

ところで先生とクラスの皆で埋めたタイムカプセルはどうなったでしょう。また皆であのクラスで会いたいですね。そしていつか皆でお酒を飲みたいものですネ。

先生、お体を大事にして下さいネ。


〈母親も美保を激励し続けた長谷川瑞希より〉

これは美保と二組の生徒、そして長谷川の母だけが知る秘密の話である。中庭改造計画が進む中で、中庭の南東に二本のオオヤマザクラが植えられた。その二本の木を結ぶ直線の真ん中に穴を掘り、十五年後の自分に書いた手紙と長谷川の母持参の赤ワインをプラスチック容器に密封して埋め、その上にコンクリートU字溝を逆さにして被せた。上から棒で突き、こつんと当たればそこにはタイムカプセルが埋もれているのだ。

○先生、お元気ですか？　私は毎日楽しく過ごしています!!
Ａ県はとっても暑くてクーラーなしでは生きていけません（笑）。

大学生活は凄く充実しています。大好きな英語とフランス語を勉強できて幸せです。

留学も目標にがんばっています。

サークルはワンダーフォーゲルという山岳部のようなものに入りました。どうしても自然が恋しくてアウトドアを楽しんでいます。夏休みの今は白馬岳に登ってみました。山はやっぱり気持ちいいですね。高校と同じで何かに打ち込めるものがあると勉強にもやる気が出ます。勉強は誰よりも負けたくないので、高校の時よりももっと頑張っています！

高校の時お世話になった先生方全員に、お礼が言いたいです。なかなか時間がなく、二組のみんなにもあまり会えていないので、みんなで同窓会ができたらいいですね！

後期も勉強とサークルとバイトで充実させたいです。まだまだ暑い日が続きますが、

美保先生もお体に気をつけてお過ごしください。（白馬岳山頂より投函）
〈上高地でアウトドア派を吐露した、上村啓より〉

もうきりがないから他は割愛しよう。宮田貴代子は言語聴覚士、佐多は消防士を目指して頑張っているという便りがあった。藤松亮太？　本人自身からは何の音沙汰もないけれど、風の噂では相変わらずダンスを踊っているらしい。ただし学校の中庭ではなく日本武道館のスポットライトの中だって。

エピローグ

「生徒の手紙って、判で押したように、先生お元気ですか？　で始まるのね」

読み終えた手紙を再び封筒にしまいながら、「そう言えば自分が恩師に宛てた手紙も、いつもそんな調子だったかも」と思い出して一人おかしくなった。結局、花柄の化粧箱の中身、教え子からの手紙の束は処分できなかった。美保が選んだのはその中のいくつかの手紙とそれにまつわるエピソードを記録することだった。個々のエピソードをつなぎ、ある衝撃的な一年間の物語として書き記すことにしたのだ。

三十余年に及ぶ教員生活の中の地域も学校も時代も異なるエピソード。不思議なことに美保の中ではそれらはバラバラなものではなく自然な一連の出来事のように思えた。生徒と教師の関係には時代を越えて共通の感情が流れるからだろうか。

登場人物は誰か特定の生徒や教員ではなく、共通点を持つ幾人かを継ぎはぎしてひねり出した架空の男女、学校名も都市名もすべて美保の創作だ。

それに対して数々のエピソードはほとんどが実話に基づいている。そして掲載した手紙はすべて実物をもとに、固有名詞などに若干の変更を加えただけのものだ。俗語的用法もなるべく本人の雰囲気を残すように最小限の変更に留めた。だからこの物語は美保と手紙を書いてくれた人々との共著ということになる。

「エピソードのどれかに思い当たる節のある方はぜひご連絡ください、久しぶりに一緒にお酒でも飲み思い出話に花を咲かせましょう」これが偽りのない美保の気持ちだ。

そしてもう一つの美保の夢。この物語を読んだ若い方が「教師っていいなあ、結構感動することが多いのだなあ」って興味を持ってくれること。そんな人とも一緒に夢を語り合いたいなあ。

著者プロフィール

朴山 稔仁（ほうやま としひと）

1955年、長野県生まれ。大学卒業後、故郷信州に戻り高校教員を34年間勤める。

先生、お元気ですか

2025年4月15日　初版第1刷発行

著　者　朴山 稔仁
発行者　瓜谷 綱延
発行所　株式会社文芸社
〒160-0022　東京都新宿区新宿1－10－1
電話　03-5369-3060（代表）
03-5369-2299（販売）

印刷所　株式会社フクイン

ISBN978-4-286-26394-6　JASRAC 出 2408264－401